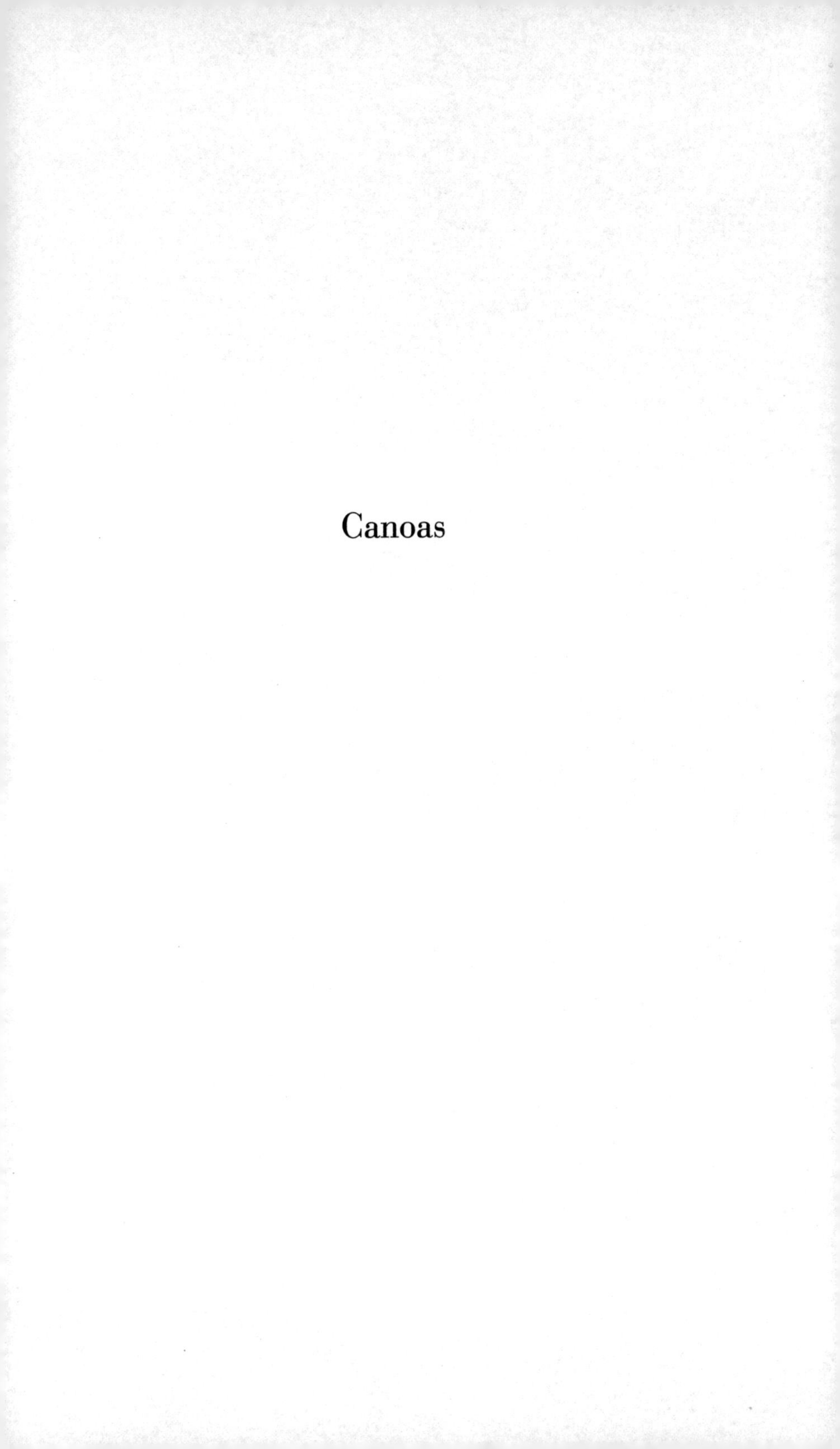

Canoas

Maylis de Kerangal

Canoas

Traducción de Javier Albiñana

EDITORIAL ANAGRAMA
BARCELONA

Título de la edición original:
Canöes

Ilustración: ondas de sonido. Freepik

Primera edición: *enero 2024*

Diseño de la colección: Julio Vivas y Estudio A

ISBN: 978-84-339-2211-3
Depósito legal: B. 17617-2023

Printed in Spain

Romanyà Valls, S. A.
Verdaguer, 1, 08786 Capellades (Barcelona)

Vivac

Esperaba a que pasase el tiempo, tumbada en un sillón de dentista inclinado en posición horizontal, los ojos perdidos en el falso techo de poliestireno, los pies en el aire, y mordía una pasta a base de alginato con sabor a flúor que se endurecía contra mis dientes. La barahúnda del bulevar me llegaba de lejos, la joven ayudante de pie detrás de mí hacía tintinear los utensilios en la encimera y yo percibía una tenue música oriental en ese pequeño caos primitivo mientras se realizaba la toma de moldes. Así que tenía la boca llena y, mientras me concentraba para no tragarme algo, la dentista se me acercó y tendió su móvil bajo mis ojos: fíjese en esto, es una mandíbula humana del Mesolítico, se encontró en 2008 en la rue Henry-Farman, del distrito XV.

En la pantalla, iluminada sobre fondo oscuro cual objeto precioso, reconocí nítidamente una mandíbula, un hueso que contenía aún cuatro muelas en sus alvéolos, y cuyo mentón, saliente, reflejaba un atisbo de apetito, una fuerza, una voluntad. Buenos dientes, aun estando tan gastados. La mandíbula es importantísima, prosiguió la dentista con voz aflautada, al tiempo que deslizaba el teléfono en el bolsillo de su bata, es el único hueso móvil del rostro, y hablar, comer, ver bien o incluso mantenerse en pie, en equilibrio, todas esas cosas la atañen: nuestro organismo está suspendido en ese columpio. Cerré los ojos.

Desde hace unos meses, vértigos y migrañas me amargan la vida. Sobrevienen en cualquier momento, atacan de golpe y porrazo –las cefaleas más bien ya entrado el día–. Intento buscar afinidades en su irrupción, si es la falta de sueño, el abuso de alcohol, una contrariedad, pero no encuentro nada, y me he convertido en una mujer cautelosa, vulnerable, insegura. Ayer mismo, a media tarde, amarrada a la traducción urgente y mal remunerada de los subtítulos de una temporada entera de la serie *Out Into the Open* –seis adolescentes en fuga sobreviven en un bosque de Oregón–, el dolor trepidó en mi sien, furtivo al principio, casi clandestino, pero solapado, y capaz, lo sabía por experiencia, de inflamarme la cabeza de un segundo a otro. El piso se sumergía no obstante en un silencio espeso, cargado de esa resonancia que cobran los lugares familiares en las horas muertas, cuando están desiertos, desactivados, semejantes a los campos base abandonados, y donde se yerguen, al contemplarlos largo rato, formas indescifrables, relieves desconocidos, rastros extraños. Veinte minutos después, me hallaba tumbada en la oscuridad.

¿Vamos allá? La dentista ha consultado el reloj y se ha ajustado la mascarilla azul bajo sus ojos persas, he abierto la boca de par en par y se ha inclinado sobre mí para proceder al vaciado de mi maxilar superior, moviendo con fuerza el mango de la cuchara de metal hundida bajo mi paladar –me ha sorprendido su vigor, me ha parecido que se me iban a aflojar los dientes–, luego la ha examinado largo rato, orientándola hacia la luz bajo todos los ángulos, para después asentir, satisfecha, mientras yo escupía piedrecillas, granos de pasta rosa en un bol. Estupendo, ahora vamos a hacer lo mismo con la arcada dental inferior. Ha deambulado por la estancia, ágil con sus deportivas rojas, andar digitígrado, cintura fina de bailarina y trenza acompasada; a continuación se ha encaramado a un taburete junto al sillón, ha preparado en su mesita otra dosis de alginato entremezclada con agua, concentrada, mientras yo me restregaba la barbilla con papel de cocina. ¿Dónde estaba la mandíbula prehistórica?, me oí preguntar –las palabras atravesando mis labios como otras tantas piedrecillas, últimos granos de pasta rosa– al tiempo que observaba sus brazos trabajando, redondos y musculosos, salpicados de pecas. Aguarde, lo vemos después. Se ha levantado, ha vuelto a embutirme en la boca el portaimpresiones bien repleto –un puré de textura crujiente–, y la he oído aclararse las manos en la pila antes de contestarme con su voz diáfana: en la rue Henry-Farman, en la zona del helipuerto de París, metro Balard.

Mi mirada volvió a vagar por el falso techo, vislumbré el meandro del Sena a la altura de Boulogne, las islas, el bulevar periférico mientras esos tres nombres, Farman-helipuerto-Balard, nombres que fraguan rápido también, resonaban en mis oídos, devolviéndome aquel barrio donde vivía Olive Formose, su piso donde fui a pasar tres días el año en que cumplí trece, y progresivamente el cuadriculado de las baldosas de poliestireno encima de mí, su relieve como de copos, aéreo, no ha dibujado ya más que una vasta confluencia, una zona de encuentros y confusión, donde los recuerdos formaban torbellinos cual *baïnes*.

La llamaba a veces tía Olive, lo cual no le gustaba: Olive Formose no era tía mía, sino una amiga de mi madre que se había ido a vivir a París tras morir su novio en un accidente de helicóptero acaecido por Le Havre –tendría yo tres o cuatro años–. Sabía de ella que vivía sola, no tenía hijos y trabajaba para la televisión, pocas cosas en definitiva, pero datos sustanciales –la tragedia y la industria del espectáculo, la soledad– que esbozaban los contornos de una figura femenina intrigante, íntima, pero de lo más ajena al mundo que me era familiar. Olive no venía nunca a vernos, escribía poco, telefoneaba raramente, sin embargo mi madre no dejaba pasar un año sin ir a verla unos días a París, y nunca dejó de acudir a esa cita, que debía de obligarla a todas luces, ahora me doy cuenta, a negociar su ausencia con mi padre, y no poca organización, pues a mis hermanos no había quien los aguantase la víspera de su marcha, y yo, por mi parte, me mostraba blanda, distante, sin que tampoco evitara ponerla en aprietos, y eso que me encantaba ser la hija de una mujer que iba a ver a su amiga a París, y el que no hubiera podido ir habría supuesto igualmente mi derrota; no obstante era superior a mis fuerzas: junto a Olive, lo veía en las fotos en que posaban ambas en lugares desconocidos, risueñas y legendarias, pitillo en boca, pelo revuelto y piernas bronceadas, mi madre pasaba a ser otra, una mujer extraña, misteriosa, y me daba celos ese misterio.

Un día de noviembre, durante las vacaciones de Todos los Santos, soy yo quien se va. Cruzo la estación de Le Havre como una reina, ataviada con una gabardina de lana color burdeos y ceñida, Levi's y deportivas nuevas, las manos apretadas sobre el mango de una bolsa de viaje de tela con guarniciones de cuero, sin cruzar una mirada con los hermanos que me han acompañado, envidiosos, crispados, gimiendo sobre su suerte mientras que yo me escapo. Olive está ahí, junto a los raíles, más pequeña y más vieja que en mi recuerdo, vestida con un pantalón de pinzas, una chaqueta kimono príncipe de Gales, tocada con una boina negra. Labios rojos, me sonríe, la cabeza ladeada, noto que me examina. Eres alta para tu edad, cae la noche, nos vamos en metro, memorizo el nombre de las estaciones de la línea, luego la estación término, una cervecería en la place Balard, supongo que tendrás hambre, las luces rebotan en los tubos dorados, no despego los ojos de ella, el camarero tiene labio leporino y la llama miss Olive, me tomo un entrecot con patatas fritas y una mousse de chocolate y ella cena un huevo escalfado; ahora estamos pegadas en el estrecho ascensor, el pequeño apartamento del último piso se abre al cielo nocturno y el Sena espejea a lo lejos. Olive se sirve un whisky y pega durante largo rato la frente en el ventanal. Me alegro de conocerte. Hay un saco de dormir en la banqueta del salón, poso la cabeza en un cojín de batik, haces luminosos barren el techo, aureolas azuladas se deslizan por las paredes: duermo al raso. *Out Into the Open.* En la noche, oigo los helicópteros.

El aparato había explotado en el instante en que una de las palas del rotor tocó la superficie del agua y su novio, que pilotaba, se había desintegrado en la atmósfera. La materia de su cuerpo pulverizada, diseminada en la superficie del mar, aniquilada en la Mancha opaca. Calor y polvo. A veces la sorprendía siguiendo con los ojos el vuelo de los artefactos más allá del Periférico, y hablaba sola, dejando un halo de vaho en el cristal –me preguntaba si oía una voz–. Hacíamos todas nuestras comidas en el café –ella no cocinaba nunca–, por las noches íbamos al cine en el Odéon, y una mañana la acompañé a la televisión. La gran vida. El último día, al atardecer, estallan los truenos, los relámpagos cercenan el cielo y se estremecen los cristales. Es tu última noche. Nos tomamos una copa de aguardiente. He crecido. Mi centro de gravedad se ha desplazado unos centímetros.

¡Venga! Han pasado los tres minutos, hay que sacar el vaciado. Abro los ojos al cielo de poliestireno donde danzan los helicópteros. La dentista se inclina sobre mí, muy cerca –su dije, una pequeña canoa-kayak de metal dorado, se balancea en la punta de mi nariz–. Enseguida acabo y la libero.

Más adelante, rellena distintos formularios informatizados –presupuestos, facturas, papeleo–, y paseo la mirada por su consultorio. Me detengo en algunos moldes dentales agrupados en un rincón, entre los bolígrafos publicitarios y otros *goodies* de laboratorios, impresionada de inmediato por esas extrañas réplicas de yeso azul, rosa o gris, por esas mandíbulas humanas solitarias y tácitas, como sustraídas de su esqueleto; algunas de ellas, abiertas de par en par, parecen gritar a risotadas mientras otras, crispadas, aprietan los dientes. Con gesto maquinal, comienzo a masajearme la mandíbula: los dedos en mis sienes friccionan la rótula de la articulación, palpan el hueso de la barbilla, remontan a la base de la oreja, me estrujan las mejillas. La dentista menciona una próxima cita y el interés eventual de un escáner temporomandibular, pero su voz se aleja ahora y no alcanzo a apartar los ojos de esas reproducciones de estuco tan precisas, tan detalladas –un espacio ínfimo entre dos molares, el filo dentado de un incisivo, una ranura en el esmalte de un canino– que resultan sumamente reales, cada una ligada a un ser singular, a un individuo que, angustiado tal vez, había venido a tumbarse aquí, en este mismo sillón, con su problema de boca. Descifro ahora los apellidos y nombres inscritos a lápiz en las bases de los moldes, y recuerdo que el estudio de los dientes, sea en casos aislados o en catástrofes en masa, es a veces la única posibilidad de identificación formal, tan fiable como las huellas genéticas o digitales –Olive, vestida con un fino cárdigan verde botella que deja ver sus clavículas y las palpitaciones de su cuello frágil: no ha recibido sepultura, no se ha hallado nada que permita identificarlo, ningún resto, ni siquiera una medalla, ni siquiera un diente.

Concluye la consulta. La dentista me ha entregado los papeles uno por uno recapitulándolo todo, profesional, le he presentado mi tarjeta de la Seguridad Social, y ahora guardo mis cosas en la mochila, me dispongo a retirarme, pero ella no se mueve: no veo lo que mira en el ordenador, pero le cambia la cara. Frunce el ceño, sus dedos clican en el ratón y se le ilumina el semblante cuando hace pivotar hacia mí la pantalla donde reaparece la fotografía de la mandíbula, la gran reliquia, y leemos en voz alta, cercanas de repente, hombro contra hombro por encima de su escritorio: a orillas de un antiguo brazo del Sena, unos nómadas, los últimos cazadores-recolectores de la prehistoria, montan su campamento; altos para cazar, vivaques; en varias ocasiones, se detienen allí, preparan las piezas, cortan las carnes, rascan las pieles, afilan las puntas de flecha, dejan tras ellos huellas que los arqueólogos de rodillas sacan a la luz diez mil años después, durante meses, restos de sílex y de gres, vestigios fáunicos, indicios de un fogón y, a cierta distancia, aislada junto a un fragmento de fémur, esa vieja boca en el suelo con sus cuatro dientes, ese hueso humano que resalta, ese residuo con el que nada ha podido, ni la tierra, ni el frío, ni siquiera diez mil años de ocupación del suelo y de conquista del cielo. Se ignora si pertenece a una sepultura. Ante esa mandíbula sin voz, me he preguntado cómo hablarían aquellos hombres y mujeres, me hubiera gustado oírlos. Actualmente, el lugar donde se asentaban aquellas excavaciones de 2008 lo ocupa un centro de clasificación de residuos domésticos.

La dentista se ha incorporado, ha rodeado su escritorio, y yo he acompañado su movimiento, sincrónico y bien aplomado. Una vez en el umbral de la estancia, me ha repetido que una mala oclusión de la mandíbula bien podía ser la causa de mis migrañas, mis vértigos, y me ha tendido la mano, que yo he apretado sin estar en lo que estaba, atraída por esas mandíbulas de yeso arrumbadas en un rincón, esas bocas mudas y frágiles, cual cajas con las tapas desajustadas, y pensando en la mía, que no se cerraba correctamente y no tardaría en ser una de ellas.

Arroyo y limalla de hierro

He recibido esta noche mi nueva radio, un modelo Optalix *vintage* de un bonito color naranja, la he admirado bajo todos los ángulos, y desde el momento en que he insertado las pilas, ha escupido su limadura de hierro –sonidos agudos, semejantes a puntas de flecha disparadas por un arquero sádico y en miniatura oculto en el interior del cajetín–. He descubierto el disco incrustado en el flanco del aparato y lo he girado enfebrecida para localizar una frecuencia audible en FM. Tenía la sensación de atravesar a estilo braza otra dimensión de la realidad, sumergida en una fritura de ondas electromagnéticas, cuando una voz humana ha emergido de las profundidades sobre un fondo sonoro de selva tropical: *... estudios científicos han observado que los chimpancés y los macacos rhesus bajan el timbre de voz durante los altercados al objeto de señalar a los demás miembros del grupo que están dispuestos a pelear, a proteger sus recursos y a afirmar su estatus.* He inmovilizado la aguja roja, oído los gritos registrados de los primates y el rumor de las copas de los árboles; luego, ha concluido la emisión, una voz de mujer de timbre ronco y tesitura viril ha saludado a los radioyentes y precisado que la noche siguiente sería la más larga del año.

Ahora, en vez de dormirme, vagabundeo: las modulaciones vocales de los chimpancés y de los macacos rhesus, las voces radiofónicas que se embrollan entre sí, la noche como reflector sonoro, todo ello hace reaparecer aquel gélido viernes de diciembre en el que volví a ver a Zoé tras un largo lapso de tiempo sin más motivo que una negligencia recíproca, lo cual habíamos convenido por SMS, evitando de ese modo incriminar prosaicamente las vidas bajo presión en las megalópolis occidentales, el espacio que falta y el tiempo que corre.

Pretende la leyenda que los amigos de verdad son los que saben reconectar al instante, reencontrarse «como si se hubieran despedido la víspera» y esta noche, cuando Zoé ha surgido en la terraza del Babylonian Café, espléndida, chubasquero negro, carmín rojo púrpura y botas a juego, ha sido esa emoción la que me ha embargado en un principio: ella estaba allí. La he mirado zigzaguear entre las mesas, atrapada en el halo rojizo de los braseros, se ha posado como una flor, hemos pedido para empezar dos White Russian y hecho tintinear acto seguido nuestras copas mirándonos a los ojos, qué menos en semejante reencuentro. Sin embargo, ante nuestros cócteles de leche y de vodka, y aunque nos mirábamos desde luego como amigas íntimas –habíamos apechugado juntas con el instituto, la universidad, y el puñado de «primeras veces» que esos años acarrean–, el mano a mano ha comenzado a dilatarse: en vez de soltarnos *ipso facto*, nos hemos perdido en una serie de banalidades impostadas, un *small talk* indolente sin más función, ambas lo sabíamos, que la de trampear la situación, retrasar el momento en que habláramos por fin.

Qué, ¿he cambiado? Sus ojos rebullen en los míos cual peces de plata. Preludio finito, he pensado. Me habría gustado dar una respuesta ramplona, trivial, dejar escapar «todos cambiamos» mientras picaba una aceituna en el bol marroquí, pero, de hecho, Zoé está enfrente de mí como la sosia de sí misma, sin que yo pueda determinar a qué obedece tal disonancia –me daba precisamente la sensación de girar enardecida el botón encajado en un lado del transistor para no oír la limalla de hierro y dar con la frecuencia correcta de mi amiga.

Desquiciada, me he aferrado a su manera de fumar –la muñeca combada y el pitillo colgando entre los dedos corazón e índice–, de morderse el interior de los carrillos en señal de perplejidad, o de echarse el pelo hacia atrás, aliviada al encontrarla deslumbrante, apasionada y ambiciosa cuando ha evocado su nuevo trabajo en la radio, donde esperaba hacerse cargo de una emisión. Pero una quiebra invisible bastaba para desajustar su presencia, para perturbar la imagen que me había formado de ella durante todos aquellos años. Tan solo cuando ha contestado a una llamada que ha sonado en su móvil y se ha alejado dándome la espalda, he cobrado conciencia de que Zoé ya no habla igual. Su voz o, dicho de otro modo, la vibración singular que emite en la atmósfera y que habría reconocido entre mil otras más, su voz no pertenece ya a su cuerpo, sino que parece doblada por otra, apenas distinta pero modificada. Tu voz, le he dicho acariciándome el pecho con mano maquinal, tu voz ha cambiado. Zoé se ha erguido: ¿tú crees? Yo asiento, y un rictus de victoria ha asomado de inmediato en su boca, semejante a la de un jugador de tenis que acaba de ganar un punto decisivo: ¡guay! Al ver mi sorpresa, ha precisado: estoy harta de mi voz de mierda.

Lo que llama Zoé su «voz de mierda» no es sino un timbre claro y vivo, una voz de cadencia sincopada, aguda pero capaz de elevarse sin estridencias: un arroyo de montaña. Me gusta esa voz, es la suya. Cuando pienso en Zoé, vuelve ese timbre y, en su estela, la noche en que cantaba al estilo del folclore americano: habíamos acampado en el corazón del Aubrac, las canoas reposaban en la hierba, corría el verano, la tienda amplificaba su canción como en un patio andaluz, la voz de Zoé era límpida y el silencio entre cada sonido tenía una densidad de platino.

Parece no obstante que esa voz es demasiado aguda para convertirse en radiofónica. ¡Aquí no nos gustan las voces edulcoradas!, le habían soltado recientemente a Zoé, una manera de advertirle que su acceso al micro era problemático y que más le valía replantearse sus sueños. Un presagio que había entendido como una incitación a no dar su brazo a torcer, a demostrar su valor, y sobre todo a trabajar su voz a fin de volverla más grave, más profunda, más pausada. ¿Más masculina, quieres decir? Menos femenina, en cualquier caso, me replicó encendiendo un pitillo. De modo que Zoé emprendió la busca de su voz grave, la que connota la competencia, la autoridad y el aplomo que se niega a la voz aguda. Todas las semanas, acude a consultar a un coach vocal que le enseña a bajar su frecuencia, porque las voces agudas, sabes, no acaban de funcionar, resultan mucho menos en la radio, es una cuestión técnica, va ligada al oído humano, hay que pensar en los oyentes. Está claro que el coach, un individuo altamente cualificado, le reforzó la idea de que su voz es, si no de mierda, cuando menos una desventaja natural, la que entrañan las voces de las mujeres, porque cuanto más agudo hablas, más se te ve frágil, nerviosa, menos resistente, y, a la inversa, cuanto más grave es la voz, más se juzga a la que habla fuerte, tranquilizadora, digna de confianza, ¿entiendes? Yo meneaba la cabeza torciendo el gesto, a mi entender todo eso precisamente no tenía nada de «natural», pero Zoé ha concluido que, precisamente, la voz de las mujeres había bajado desde hace una cincuentena de años, desde que habían comenzado a conquistar los ámbitos de poder: está probado científicamente. Y como para celebrar esa mutación social de las voces femeninas, esa revolución vocal, hemos pedido otros dos White Russian.

La terraza se había llenado, invadía ahora la acera, ahogada en el barullo del caer de la noche, pero daba la impresión de que Zoé y yo habíamos recreado la tienda de campaña de la excursión a Aubrac, esa cápsula textil en que mi amiga había cantado toda la noche aquellos himnos de chicas independientes y ufanas. Me vinieron a la memoria entonces los hombres de piernas blancas cubiertas de picaduras de insectos que habían realizado los primeros estudios sobre los primates, fallando en lo esencial, cautivados por el comportamiento de los machos, de los machos alfa, de los supermachos, y dejando de lado el papel de las hembras: observaban la vida social de los grandes simios bajo el prisma de la sociedad en que se movían ellos mismos. Había sido necesario que una joven acudiera a observar a los chimpancés y se sentase entre ellos en las hierbas altas –una joven rubia de voz fina, lenta e increíblemente segura– para que la complejidad de su mundo se diera a conocer.

He proseguido lentamente: esas voces de mujeres que bajan su frecuencia y se acercan a las de los hombres, ¿es una buena noticia? Zoé se ha echado hacia atrás en la mesa para verme por entero, la cara encendida por las luces, y me ha hablado como a una chiquilla recalcitrante a quien se quiere convencer sin presionarla: sí, me declaró recalcando las sílabas, abandonar la voz de niña poo poo pee doo –ha imitado el canto de Marilyn–, la voz agridulce que quiere seducir, la voz melosa que quiere ser protegida, liquidar la voz aflautada entrenada para tranquilizar al vozarrón viril, para no perturbar su poder ni cuestionar su puesto –recalcaba las frases moviendo la cabeza cada vez que pronunciaba la palabra «voz», sin despegar los ojos de mí–, entrenada para suavizar, redondear, cautivar, acabar con esa mascarada de la voz femenina, *sí, esa mascarada*, es una buena noticia. Se pasa la mano por el pelo, se la veía lúcida y resuelta, pero algo en mí se resistía, rechazaba en redondo la superioridad asimilada de la voz grave, los argumentos técnicos camelísticos, las sentencias del *coach* altamente cualificado, y la idea de tener que modificar su voz para tener simplemente derecho a pasar a la acción.

Escuchaba a Zoé. No quería que su voz remedase la de un hombre de piernas blancas cubiertas de picaduras de insectos, no quería que la limalla de hierro deglutiera su voz, que las vibraciones de esas minúsculas cuerdas vocales que sellaban su presencia viva en el mundo correspondieran a una biodiversidad amenazada –¿había que secar todos los arroyos de montaña?–. A nuestro alrededor, la terraza se iba vaciando, silenciosa, la noche se prolongaba fuera de allí, en otras fiestas, pero el fulgor anaranjado de las estufas nos coloreaba las mejillas mientras las estrellas rutilaban en lo alto del cielo helado. Había llegado el momento de cantar juntas, y pedimos otros dos White Russian.

Mustang

Una hoja una calabaza una concha una red
un echarpe un cuévano una maceta una caja un
continente. Un receptáculo. Un recipiente.

URSULA K. LE GUIN,
«The Carrier Bag Theory of Fiction»

Atrapo el cuello de un dinosaurio de largas pestañas y la mano de un niño con ojos de chocolate negro, los acomodo a ambos en el interior del coche, derrumbada hasta medio cuerpo en el habitáculo, la espalda torcida, los dedos sudando por alcanzar y luego cerrar el cinturón de seguridad del asiento trasero, deposito al lado de ellos una mochila de dorso multicolor que contiene el almuerzo metido en una caja de plástico, un paquete de patatas fritas, una botella de agua y ropa de recambio para talla de cinco años. A continuación, rodeo el coche, las llaves de contacto tintinean en la palma de mi mano, me siento al volante y enciendo el motor. Primer martes de diciembre a mediados de los años noventa, son las ocho y media, hace un frío que pela, y azul es el color del cielo.

Es hora de ir al colegio. Ropa sencilla, café solo y *corn flakes*, huevos fritos, dentífrico con mentol: tenemos bien grabadas en la mente las balizas, espaciales y temporales, que rubrican la primera hora del día, esas referencias que, cual tutores en los troncos, evitan que el día se frustre antes de haber comenzado. Mientras ayudo a Kid a vestirse –camisa de leñador a cuadros rojos y blancos, vaqueros y deportivas: un auténtico americanito–, Sam le prepara el desayuno, esmerándose en pelar la manzana y cortar los sándwiches en triángulos. Luego, coge su cazadora, me besa en el cuello aprisa y corriendo y escapa en bicicleta hacia el campus. Yo cierro la cremallera de Kid y le beso en la nariz. Andando. Al cabo de un instante, en el momento de cruzar la puerta, hago una parada como un avión en la pista antes de despegar, respiro hondo y frunzo los ojos en el sol helado; el aire huele a tierra húmeda y al lúpulo de la cerveza Coors que se produce en la fábrica vecina; no obstante recargo un poco la escena, ligeramente despegada de mí misma, precisamente, desde que he venido a vivir aquí, en Golden, Colorado.

Miro a Kid por el retrovisor: hoy va a venir Yumiko con su perro, ¿te acuerdas? Se vuelve hacia el cristal sin responder. Prosigo: verás a Tom, verás a Oona y a Lazlo, verás al perro de Yumiko. Silencio. Kid está concentrado, escudriña. La morada del ratón verde debería aparecer enseguida en el *continuum* de céspedes y de casas que desfilan, retrato de la América *middle class* blanca, cristiana, currante. La bandera estrellada plantada en el balcón, los vasos de helado tamaño XXL en el fondo del congelador y la pipa bien colocadita en el cajón de la mesilla de noche. Me gusta pasar revista a esas fachadas similares, todas con la misma orientación, cada casa situada en una parcela sin cerca alguna, ni muro, ni valla, ni barrera o cuerda de la ropa, la parte delantera ajardinada pero la trasera desastrosa, todas a un mismo nivel pero separadas, de manera que crece la hierba entre ellas, y trae a la memoria la gran pradera de otrora, donde se expande el canto del alba. De pronto a Kid se le ilumina el semblante y lanza un grito señalando con el dedo un chalet de un verde suave: ¡el ratón verde! Yo asiento entre risas: ¡vale, has ganado! Entonamos la canción a voz en grito mientras desfila a lo largo de la carretera el friso de puertas, de ventanas y de tejados, de garajes y de chimeneas, estirado cual repertorio de formas, despliegue interminable en el que busco con el rabillo del ojo la que se me parece –soy una casa americana, la parte delantera ajardinada, la trasera desastrosa: soy un ratón verde perdido en la hierba.

Es siempre hacia el sur hasta la escuela, nada tan sencillo. Las vías de comunicación son rectilíneas, se cortan en ángulo recto, solamente una vez que se escapan del centro trazado en damero para empalmar con la pradera o serpentear por el flanco de la montaña recobran sus ondulaciones, cual mechones de cabello liberados de una trenza rígida. Se llega enseguida. Las casas son ahora más grandes y espaciadas. Veo a Kid imperturbable en el retrovisor. ¿Vas bien? Asiente haciendo una mueca con la boca. ¿Te alegra volver a ver al perro de Yumiko? Silencio. A la izquierda surge la escuela sobre South Golden Road, tras los abetos. Entre el cobertizo grisáceo de un gigantesco restaurante chino *open 24/7* y un club de recorridos hípicos aseptizado, está situada precisamente en una de las primeras curvas que reaparecen al salir de la ciudad. Es una casa de pino barnizado, rodeada de un patio cubierto de hierba y cerrado por una empalizada: es la cabaña de Davy Crockett. Una vez estacionado el coche en el parking, me vuelvo hacia mi muchachito: bueno, ¿qué decides? ¿Dino viene contigo o se queda en el coche? Conmigo. Gincana penosa para sacar a Kid, emerjo del habitáculo con cervicales y lumbares doloridas; luego nos presentamos los tres ante la puerta para tocar el timbre. Las maestras están en la escalinata de madera, acogedoras, positivas, cháchara continua de voces nasales y exclamaciones entusiastas. Observo que una de ellas, Lizzie, va disfrazada de vaca lechera –una Prim'Holstein: se ha embutido un mono blanco de grandes manchas negras dotado de una imponente ubre de plástico rosa cosida en el lugar del sexo y de un rabo en el trasero–. *Today* es el *milky day*, me sonríe, una sonrisa llena de dientes, contumaz, repite *milky day* mirándome al fondo de los ojos, el labio superior retraído sobre la encía sonrosada, pendiente de que yo me entere. He pensado: ¡mierda, el día de la leche! Eso significa que hoy el tema de las actividades versará sobre las vacas, la finca, el calcio que fortalece los huesos de los americanitos y los dientes de la maestra Lizzie. El perro de Yumiko es para mañana, me había equivocado. Beso a mi muchachito. *Bye bye!* Sam vendrá a buscarte. ¿Me dices *bye bye* tú también? Sus hermosos ojos oscuros se clavan en mí, dos destellos de Zan impenetrables, me demoro, dudo, lo beso de nuevo, el pelo le huele a paja seca y a mandarina; luego da media vuelta, me arroja a Dino a los brazos y corre a reunirse con los demás. Ya verás, los niños se adaptan a todo, me habían repetido antes de partir: tú también te adaptarás.

El cielo se blanquea aprisa y corriendo, anuncian nieve durante el día. El dinosaurio de Kid está ahí, en el asiento del copiloto, me lo he traído conmigo. Podría dar media vuelta para llevarlo a la escuela, pero voy lanzada, no pienso volver atrás: el día se abre, dilatado, y estas horas me pertenecen –una oleada de tiempo que me desestabiliza, una tormenta en un jardín–. Bien mirado, tú eres la única que no pega golpe aquí, bromeó mi hermana la otra noche durante una llamada transatlántica de tres minutos que me produjo el efecto de un trago de ginebra, antes de desencadenar una suerte de derrumbamiento melancólico: no es que no pegue golpe, me adapto, le contesté mientras su risa atravesaba el cosmos, repercutida de uno a otro satélite antes de aterrizar en mi oído.

Sin embargo, hace dos meses, cuando el desfase horario y el pánico me tenían despierta sobre un gran colchón colocado en el suelo mientras el coro de alientos de Sam y de Kid colmaba la estancia, no estaba tan segura de querer activar en mí ese genio de la adaptación, esa aptitud decisiva que al parecer había sustentado la supervivencia de la especie humana. Resistía, contraída, refractaria. El aterrizaje de la noche había ocultado todo paisaje, el aeropuerto de Denver estaba desierto y desproporcionado, el policía del control de pasaporte tenía una cabeza en forma de alambique, la piel rosácea, los ojos vacíos, me había hablado en una lengua de la que no había entendido nada, no captaba nada, no encontraba ninguna aspereza a la que aferrarme, una lengua que parecía haberse fundido en sí misma, había balbuceado respuestas inapropiadas, él se había impacientado, Kid había acabado vomitando íntegramente una bolsa de Schtroumpfs Haribo que, por su parte, no se habían fundido, lo que me había valido las miradas hostiles de los que pateaban el suelo detrás de mí en la cola, y desde luego insultos que tampoco capté, estaba empapada en sudor, los oídos todavía tapados por la presurización de la cabina, y los pasillos se habían prolongado de nuevo hasta el infinito, galerías realzadas con gigantescas pantallas publicitarias donde se desplegaban rostros de mujeres jóvenes, la pupila de sus ojos vasta como un helipuerto, y cuando salimos a la rampa de las llegadas, no reconocí a Sam, con barba, vestido con una sudadera con capucha bajo una cazadora de cuero y unos vaqueros una pizca holgados para un treintañero –¿qué narices has hecho?, me preguntó, con los ojos brillantes, hundiendo a Kid en su cazadora tras besarme en la frente.

Después nos deslizamos por autopistas lentas y vacías, bañadas por luces frías. Sam conducía un Volvo automático carmesí alquilado por diez días, a la espera de encontrar uno de ocasión, tienes que sacarte el permiso sin falta, me dijo, si no vas a pasarlas canutas, y yo asentí sin convicción. Dejamos atrás el enjambre de agujas plateadas en vertical que señalaban Downtown Denver en la noche continental para enfilar directamente el oeste, hacia las Rocosas, hacia las tinieblas, yo mantenía la nariz pegada al cristal, Kid se había dormido detrás, equipado con un asiento elevador demasiado grande para su altura –Sam había pensado en todo–. ¿Qué tal? Me echó una mirada de soslayo, luego murmuró que todo iba a ir bien, no te preocupes, me acariciaba suavemente el lóbulo de la oreja con su mano libre mientras el suburbio estadounidense se desplegaba ahora hasta perderse de vista a un nivel inferior de la autopista, oscura, reptiliana, encendida como la brasa en el fondo de una fragua –rótulo de una tienda, haz luminoso de faro, ventana iluminada, pantalla de teléfono móvil, linterna, brasa de pitillo, ojo de gato–; no conseguía despegar los ojos de aquel cuerpo luminoso, pulsátil. No me esperaba aquello. ¿Qué te esperabas?, me susurró Sam, ¿qué te habías imaginado? Un halo deslumbrante planeaba a lo lejos, por encima de un estadio en forma de anillo, cual un ovni pensativo, mientras finas líneas luminosas bordaban gruesas conchas de caracoles bastante más allá de los *suburbs*, en el lugar que ocupaban ahora las nuevas urbanizaciones. No sabía qué contestar. Me daba la sensación de haber aterrizado en otro planeta.

La noche poseía una belleza sobrenatural, color de mora negra, las humaredas blanquecinas de la fábrica Coors se disipaban en gruesas burbujas, invirtiendo los valores de luz como en un negativo fotográfico. Sam me señaló la barrera mate de las Rocosas a través del parabrisas: ya no estamos lejos. Al poco, se irguió un arco de madera cuyas letras amarillas hicieron recordar, fugitivas, algunas cubiertas de viejo *Lucky Luke* en el fondo de una habitación de adolescente. Sam sonrió, y declamó, con ojos risueños: *Welcome to Golden, where the West lives!* ¿Es ahí? Mi voz, ahogada por la decepción, se enroscó en los agudos. Aminorando la marcha, me pidió que bajara la ventanilla: una corriente de aire rural se precipitó en el coche, y con él, el zumbido sordo de la fábrica, como un túnel de viento, y el ruido de un río de impetuoso caudal. Verás qué buena pinta tiene de día. Pasamos bajo el arco de recepción, al ralentí, como entronizados por un antiquísimo ritual, y vislumbré, a la luz de los faroles, algunos rótulos que mostraban purasangres encabritados, cowboys, la cresta estilizada de las Rocosas, pero también la torre del Guggenheim Hall sobre el campus de la Colorado School of Mines donde Sam, llegado tres semanas atrás, había vuelto a ser estudiante durante el semestre de otoño. Era casi medianoche, el pub dispersaba a los suyos por la acera –algarabía de voces jóvenes y alcoholizados–, luego recorrimos los últimos metros en silencio, y yo contuve el aliento al acercarnos a la casa en la que íbamos a vivir.

De día, tenía buena pinta, es verdad. La pequeña población se escurría en el fondo de un cañón entre una meseta –una formación rocosa espectacular de vertientes abruptas y de cima plana– y los primeros contrafuertes de las Rocosas, una geología violenta y atormentada que reflejaba, descoloridos, travellings panorámicos de wéstern, los que mirábamos los martes por la noche apagando la luz del salón para hacer como en el cine, pero las franjas negras que ajustaban el formato de la película en la pantalla de la tele habían desaparecido, y de pronto yo estaba en la imagen.

En los primeros tiempos, todas las tardes, yo salía a dar un paseo con Kid con el fin de apuntalar las horas antes de que llegara Sam, instaurando progresivamente un circuito ritualizado, en el curso del cual el plano de Golden, un pañuelo de bolsillo, se fijaba en nuestros cerebros, tanto en el de Kid como en el mío. Partíamos desde las alturas de Illinois St., al oeste de la ciudad, desde la casita blanca cuya planta baja ocupábamos, atravesábamos los campus en diagonal, y subíamos de nuevo Cheyenne St., antes de bifurcarse en la 14 St., las calles más opulentas conforme nos acercábamos al centro, la fronda de los árboles más amplia y espesa, las casas más antiguas, más elegantes también, y claramente más vastas, los jardines en suave pendiente cubiertos de céspedes de un verde esmeralda donde habían colocado losas de pizarra para formar un camino hasta las puertas de entrada. Crecida en la llanura rural colonizada, desbrozada, parcelada, rentabilizada, la hierba corría bajo las casas como el oro verde de una tierra prometida, irrigaba un mismo espacio rico, igualitario y lozano. Algo me turbaba de aquellas calles, el sosiego tal vez, el sosiego o la armonía, un reparto de la comunidad según un orden indiscutible y silencioso: ningún ladrido de perro a nuestro paso, ningún grito de altercado surgido del interior de una casa que dejara ver el reverso, la vida cotidiana como un guante vuelto, apenas llantos de bebés filtrados por una ventana abierta, el silbido de una olla a presión o el soplido de un aspirador. Avanzábamos así como por las casillas de un tablero de ajedrez, las perspectivas y los ángulos, la distancia de uno a otro bloque de viviendas, la duración del recorrido, la lógica catastral cruzando arterias numeradas y arterias nombradas –extraña red donde las calles otorgadas a las tribus indias alternaban sin ironía con las reservadas a los presidentes que habían contribuido a su erradicación–, todo aquello se incorporaba en nosotros día tras día, nos amoldábamos, caminando codo con codo bajo los grandes árboles dorados, iguales nosotros también, pues estábamos fundidos en un mismo asombro, en una misma soledad, y desde entonces nunca he experimentado ese sentimiento violento y oscuro de serlo todo el uno para el otro, Kid y yo. Durante aquellos días desocupados, abandonados pero amarrados juntos, tejiendo nuestra existencia a la de los de aquí, anticipando muy pronto la marca y el color de los coches aparcados ante los garajes, apostando por el arce rojo, la caseta azul pálido, la herradura de caballo en la puerta negra, un globo luminoso tras una *bow-window*. Poníamos nombres a las casas, a las siluetas, a los animales, a las plantas, nos volvíamos familiares, nos volvíamos vecinos.

No obstante, en cuanto nos plantábamos en Main St., el punto culminante del paseo, se me iba la cabeza, no alcanzaba a saber dónde estaba, ni siquiera si estaba en algún sitio, la calle era insituable, no me lo creía, contrariamente a Kid, que, pese a haber arrastrado los pies en las calles adyacentes, recobraba vida al ver las tiendas, y brincaba hacia delante, cual cabritillo, reclamando siempre lo que fuera, un dónut, un cochecito o esa piedra azul que había visto en el escaparate del mineralogista. Pero algo allí jugaba con lo verdadero y lo falso, como si la calle principal de Golden estuviese trucada, inventada para las necesidades de un relato, y como si el arco de bienvenida materializase la puerta de entrada de un mundo ficticio. De hecho, a semejanza de las pequeñas poblaciones del Gold Rush convertidas en ciudades fantasma, Golden no poseía más que una calle, ancha y animada, que albergaba pizzería, alquiler de bicicletas, peluquería, librería o también la agencia bancaria de las Rocky Mountains. Se alineaban en ella cobertizos cubiertos de madera pintada, edificios de ladrillo de una o dos plantas, casas de enlucido naranja como en las haciendas, retahílas de construcciones abigarradas con nombres escritos en los escaparates con tipografía de «wéstern», todo ello causando una impresión de decorado, de estudio, de pintoresquismo. Y más lejos, en el extremo de Main St., la venerable Colorado School of Mines, fundada en la década de 1870, su viejo campus, sus departamentos de física, de química y de ingeniería minera que remitían no obstante a saberes solventes, a prácticas concretas, a datos fiables capaces de describir la materialidad del mundo, su estructura, sus recursos, ese establecimiento que fue el primero en el mundo en dotarse de una mina-escuela abierta en el Mount Zion –Sam había repetido «en el mundo», dedo alzado y sobreactuando en su papel de pedagogo mientras recorríamos edificios, la mañana de nuestra llegada, yo entontecida tras una noche sin dormir, Kid sobrexcitado, gritando, sin escuchar nada–, aquella escuela, pues, activaba la gran narración de los orígenes, recordaba la fiebre del oro de Pikes Peak y los cien mil tipos enfebrecidos, dispuestos a todo por una onza de pepitas, que habían llegado allí hacia 1860, exaltaba el pasado minero de Golden –vaya nombre, de todas formas– y se basaba en ese sustrato mítico para narrar la eterna historia de la civilización y del progreso, o cómo el hombre blanco se había adueñado de la tierra, de sus riquezas, había inventado lo necesario para explotar su materia, cómo había impuesto su derecho, cómo y a qué precio: la fuerza, el barro y los colts, la codicia, la violencia; la destrucción de las Grandes Llanuras.

¿A partir de cuándo he comenzado a deslizarme hacia la fábula? En un principio mantuve las distancias –y quizá incluso asomó un rictus burlón en la comisura de mis labios, el de la chica que no se deja engañar y quiere dejarlo claro, la que hace remilgos–, hasta ese día en que, en Folks, venerable tienda de Main St., que simulaba a su vez ser algo, la charcutería-ferretería de un pueblo de pioneros por ejemplo, y olía a encáustico, cebolla y café molido, una señora de pelo trenzado en forma de corona me tiende un prospecto, señala a Kid con el dedo índice, luego me indica una dirección en el aire: *you should go up there with the little boy!* En el techo, no veo más que un carril de neones rosados, luego descifro la hoja mientras la señora me escruta, sin duda impaciente por conocer mi reacción: Buffalo Bill está enterrado en lo alto de la montaña que se alza sobre la ciudad, Lookout Mountain, está justo ahí. Doy las gracias a la señora con un movimiento de cabeza, sorprendida: ignoraba que Buffalo Bill fuera una persona real y no solamente un personaje de ficción, una figura del Far West encarnada una cincuentena de veces en el cine, e ignoraba también que hubiese creado en 1882 el *Buffalo Bill's Wild West Show*, una historia de la conquista del Oeste bajo una gran carpa que recorrió Norteamérica y Europa, atrayendo a más de setenta millones de espectadores –la recreación imponía la versión de los vencedores, apostaba por la gran epopeya, los mostachos, las pepitas de oro y las pistolas, utilizando falsos pioneros con stetson pero a auténticos indios que interpretaban su propio genocidio mientras el ejército federal los masacraba *de veras*.

Cuando salí de la tienda, Kid me pisaba los talones, la cara deformada por la frustración, reclamando una figurita de indio a caballo que yo le había prometido para otra vez, siempre dices lo mismo, otra vez, otra vez, se negaba a avanzar, las luces de las tiendas y los faros de los coches salpicaban la calle; entonces miré hacia la montaña, alta y oscura en aquel instante, increíblemente cercana, cual un cuerpo inclinado sobre nosotros, una forma no humana pero viva que nos tomaba en sus brazos, nos estrechaba, y bruscamente, en un parpadeo, el espacio se organizó en torno al punto rojo que brillaba en la cima, como si fuese su epicentro, el motor interno, una suerte de pulso oculto pero hiperactivo –y similar, ahora que lo pienso, a la lamparilla roja encendida en el corazón de las iglesias, ese fulgor que yo buscaba con los ojos, de niña, acercándome despacito al altar, presa de un sabio juego de sombras y claros, en los haces cromáticos emitidos por las vidrieras, sin resuello, pestañeando pero dispuesta a desvelar, en la trivialidad de la bombilla, la prueba de la presencia real de Cristo–, y en ese abrazo de la montaña, ultrarrápido, una cristalización, supe que atrapaba la clave de la zona, elucidaba el secreto de su organización, su lógica oculta, porque Buffalo Bill extendía su sombra sobre Golden, velaba por los sueños de sus habitantes, era su figura tutelar y su quimera, su presencia espectral participaba de la manduca mitográfica que se producía allí, de ese desquiciamiento de la realidad. Caía la noche, Kid estaba ya cansado, y para distraerlo le mostré la montaña, su contorno negro recortado en el cielo azul eléctrico: mira bien allí arriba, ¿ves el punto rojo? ¡Es la tumba de Buffalo Bill! Él volvió la carita hacia las crestas orladas de un trazo de color naranja sanguina, boquiabierto, y sus ojos reflejaron las primeras estrellas, mientras que yo, pronunciando esas palabras, experimenté la extraña sensación de ser cómplice de la leyenda.

Son las dos de la mañana, estamos tumbados de espaldas, perdidos en un colchón grande como un continente, y Sam, los ojos abiertos en la oscuridad, la pupila acuosa, me pregunta lo que me desorienta aquí. Tu voz, he contestado tras un lapso de silencio. Sam no chista. ¿Mi voz? Sí. ¿Mi manera de hablar quieres decir? No solo el timbre, la tesitura, todo. Pero es por el inglés, apunta, es el hecho de hablar en una lengua extranjera. Me he incorporado sobre los codos frente a la media luna que resplandece en la noche, afilada como una hoz soviética, y he sacudido la cabeza: no, tu voz ha cambiado.

No reconozco ya la voz de Sam. Desde nuestro reencuentro en el aeropuerto, mientras la emoción de volver a vernos, de estar juntos para lo que se anunciaba como una nueva era de nuestra vida en común, reavivaba ese apocamiento desasosegado, esa mezcla de arranque y de retractación púdica propia de los enamorados rotos por la separación, percibí una variación, tan leve no obstante, tan tenue, que apenas le presté atención, pues esa voz seguía siendo la suya sin lugar a dudas, y la situación nos trastocaba. Pero los días siguientes, la modificación impalpable de la primera noche se hizo más evidente, ha pasado a ser una nimiedad, ínfima, eso sí, pero que me perturba. Ahora, cuando Sam a mi espalda se dirige a los de aquí, a veces me vuelvo para cerciorarme de que es él quien habla, pues su voz converge progresivamente hacia los suyos, bascula poco a poco hacia su comunidad, alcanza el modo de entremezclarse, de fundirse en ella, como si se incorporase a la orquesta local, va adoptando su tonalidad, se acopla a su ritmo y su potencia –Sam habla a todas luces más fuerte y más despacio que en Francia–. Observo como quien no quiere la cosa que relaja la mandíbula, distiende la lengua, espacia cada palabra y baja el velo del paladar para hacer resonar sus cavidades nasales, todo ello sin pensarlo, como si siguiera la pendiente natural del terreno en el que se mueve ahora, regulando la voz para apropiársela y pertenecerle, para hacerse oír con ella. Ese mimetismo vocal no modifica tan solo su voz, trastoca toda su persona, han aparecido en su rostro músculos faciales que no le conocía, nuevas actitudes, expresiones y gestos, una manera de estar con la gente, no articula ya mucho sino que alarga cada vocal, mueve más los labios que la mandíbula, la lengua siempre en medio. Ha removido su francés por dentro, y aun cuando estamos a solas, cuando me murmura cosas tiernas, capto residuos, huellas de esas otras voces en la suya, como un eco continuo. Al igual que un ave cambia de colores para camuflarse entre las ramas y burlar a sus predadores, la voz de Sam se cuela ahora en las del Midwest y eso me desorienta, sí, pues puede ser ronca, jadeante, desfigurada por una broma o turbada por la emoción, alterada por el sueño, el alcohol, la ira, ahogada por la ansiedad, afectada para tratar con un interlocutor complicado, habita en mi oído desde hace tanto tiempo, esa voz, que una palabra, dos sílabas apenas me bastan para detectarla sin error posible, para aislarla entre cientos de otras como una pista en la cinta recopilatoria de las que me acompañan, para captarla de lejos –recuerdo de una conexión por radio en mitad de la noche, él en el fondo de un pequeño carguero en pleno cabeceo en el mar de Bering, yo tumbada en la buhardilla de una casa de la rue Pigalle, el teléfono que suena, el auricular deslizado en el oído con una mano dormida, ¿diga?, los ruidos primero, el crepitar lejano, y esas pequeñas vibraciones contra la membrana de mi tímpano, que no tardan en tocar los tres huesecillos, tres ápices de cartílago, unos cuantos miligramos, y se amplifican, convertidos a renglón seguido en impulsos eléctricos que el nervio coclear transmite a mi cerebro, hacia el giro temporal izquierdo, en el lugar donde se sitúan las microrregiones de la memoria auditiva sensibles a determinadas entonaciones de la palabra, a su ritmo, a su intensidad, una trayectoria sideral, la flecha del amor, pensé, incorporada de un salto en mi estrecha cama, preguntándome por la distancia que habría recorrido esa voz, expedida hasta mí a través de cables submarinos transoceánicos, y reenviada mediante antenas de enlace levantadas en las planicies continentales, en medio de las llanuras, en la cima de las colinas, y hasta en la ciudad, la onda electromagnética invisible pero de lo más real, a su vez, en el corazón de mi habitación: me resulta más familiar que mi país, esa voz, es mi paisaje–. Todo el mundo cambia aquí, tan solo tú no cambias, la voz de Sam ha enmudecido bruscamente, fría, luego se ha echado hacia un lado y me ha vuelto la espalda.

Circulo al volante de un Ford Mustang verde bosque, interior de escay verde almendra. Macizo, ágil, mullido. Un purasangre galopa en medio de la calandra. El coche mítico de América. El ruido de su motor lo anuncia, y dondequiera que vaya por la ciudad todo el mundo vuelve la cabeza para verlo pasar; no creo que haya otro por aquí, había murmurado Matt, nuestro vecino, sin despegar los ojos de él, mientras nos tomábamos una cerveza juntos, la noche de su adquisición.

Sam lo había aparcado delante de la casa al caer la tarde una noche de octubre, diez días después de llegar yo: oí un ruido sordo, un curioso bocinazo, salí a mirar y él estaba allí, pegado al capó, pantalón caqui y cazadora abierta sobre un polo blanco, brazos y piernas cruzados con desparpajo, actor. Es del año en que naciste, gritó, alucinante, ¿no? Luego se desplazó de perfil, pies abiertos en primera posición de baile, y con un amplio gesto del brazo, palma de la mano abierta hacia la máquina, lo presentó, vendedor fascinado: coupé liftback, dos puertas, 271 caballos, 8 cilindros, motor de 4,7 l, caja automática de tres velocidades. Concluyó sonriendo: el coche de Steve McQueen en *Bullit*. Yo abría los ojos como platos. ¿Cuánto? Cinco mil dólares. ¡Serás capullo! Sam me pareció de repente más iluso de lo que me imaginaba –el Mustang no ofrecía ninguna de las comodidades que requería una pareja con niño, tendríamos que contorsionarnos para sujetar a Kid, los antiguos cinturones de seguridad se encallarían de continuo, la gasolina resultaría ruinosa, y cinco mil dólares representaban un tercio de su beca–. Espié sus ojos que recorrían de soslayo la carrocería, se mantenían apartados de los míos, falsamente captados por los majestuosos reflejos del cielo en la portezuela. Acto seguido, se volvió hacia mí con cara de quien ha actuado forzado por las circunstancias: me haces gracia, bien hay que tener un coche aquí.

Anochecía, nos encaminamos hacia el norte, en dirección a Boulder, y al poco circulábamos a través de la pradera rosa y polvorienta erizada de viejos postes eléctricos, mientras en lontananza los primeros contrafuertes de las Rocosas modelaban la espina dorsal de un estegosaurio amodorrado que había escapado a la extinción de los suyos. Enseguida me gustó el habitáculo, su olor a plástico tibio, su forma alveolar que nos aislaba en una misma experiencia, la de nuestro movimiento, nuestra velocidad, un ámbito distinto que estaba allí, tangible. De súbito, Sam intentó explicar a Kid, amarrado detrás, que la fuerza de un caballo había pasado a ser una unidad de potencia que servía para medir la propulsión de los artefactos motorizados, y que nuestro coche era por lo tanto como una carreta tirada por doscientos setenta y un caballos, pero el niño no escuchaba, la cabeza le daba tumbos contra el respaldo del asiento, y se reía, sus dientecillos relucientes como los de un lobezno –las suspensiones nada del otro mundo, ¿eh?–, y esa imagen me impresionó. Descubriendo una frecuencia audible, Sam subió el volumen de la radio y una voz atravesó las interferencias, estilizada a lo bluegrass, mandolina y guitarra, nasalización pasmosa, ideal, y se ajustó en el acto a la situación, cual un amplificador; entonces el habitáculo cobró las dimensiones de fuera, la pradera penetró en el interior, y el paisaje nos engulló de golpe –acabó de un bocado con nuestro pequeño trío–. La voz del bluesman y el Mustang fundidos formaban ya un solo motor, un solo cuerpo sonoro, el cual nos propulsaba hacia una línea de horizonte magnética, en tanto que otra fuerza, esta subrepticia, nos remitía a las figuras de América que llevábamos en nuestro interior antes de venir aquí, pues este país –los *States*, decíamos, pronunciado *stètss* con la desenvoltura idónea– nos resultaba familiar, lo conocíamos ya, teníamos una imagen de él –cine, series, tele, espacios publicitarios–, cientos de horas de visionado los sábados por la tarde, casi siempre apoltronados en los sofás de las casas de provincias, habían generado un reflejo. Ahora ya un *continuum* de escenas, paisajes y rostros desfilaba al fondo de nuestros cerebros, subliminal, hasta tal punto nos parecía que habíamos estado ya allí, que estábamos de vuelta, perdidos en un presente dilatado, un presente extraño.

La hierba había azuleado con las sombras del anochecer, al igual que el perfil de Sam, cuyos ojos arponeaban lejos de allí, iris retroiluminados por las luces del salpicadero: perfilaba su actitud, la elasticidad de los hombros, el tacto de las manos en el volante, la ligereza de sus pies que dosificaban la exacta presión en el pedal cuando el motor del coche se alborotaba. Observándolo con el rabillo del ojo, le encontré esa otra cara que iba a tener que aprender a conocer, el aire ocupado de quienes se distancian de la realidad, quienes se desvían, poco a poco, se despegan, se deslizan en la ilusión, quienes «actúan» como se dice de una vida que reverbera películas –aquí, por qué no, la *road movie* de dos chicas a la fuga por el Gran Cañón a bordo de un Thunderbird 1966, emancipadas, desligadas, bronceadas, cabellos al viento, que encadenaba en la pantalla paisajes suntuosos, moteles, estaciones de servicio, y esos mismos postes eléctricos. ¡Para ya con tu cine! Sam soltó una carcajada. Kid dormía detrás. A bordo del Mustang, circulamos en una infraficción secreta, planeamos en el crepúsculo.

¿Ha sido para eso, para sostener en el hueco de la mano una cosa tangible, inconfundible como puede ser una piedra, por lo que he comenzado a rondar ante el escaparate de la mineralogista? Al cabo de quince días, cuando Kid empezó la escuela, fui presa de emociones contradictorias: al igual que la ausencia de mi compañerito me descargaba de algunos gestos cotidianos, me desligaba de los hábitos que jalonaban nuestros días, asimismo anulaba mis referencias, desestabilizaba mi ritmo, aumentaba la impresión de día en blanco, de vacío, de silencio, yo apreciaba todo lo que debía a su presencia, a su impaciencia, a sus ganas de correr fuera, de comer una pizza, de ir a la piscina o de mirar dibujos animados una y otra vez en la enorme tele que habíamos comprado en un *thrift store*. Al mismo tiempo, abría una percepción del tiempo hasta entonces desconocida, fastuosa y embriagadora: «entregada a mí misma» era la expresión idónea, y probablemente la que me condujo a ir a donde la mineralogista, una decisión que marcó un punto de inflexión en mi estancia americana y tal vez en el curso de mi vida.

La tienda se llamaba Colorado Magical Stones, pero la procedencia geográfica de las piezas expuestas solía exceder con mucho el límite del estado y el estricto ámbito de las piedras. Era una de las enseñas históricas de Golden, y una de las más antiguas de Main St., donde unas fotografías de 1904 daban fe de su presencia, así como su doble naturaleza de lugar de compraventa y de gabinete de curiosidades. El diorama del escaparate aminoraba forzosamente el paso de quienes lo descubrían por primera vez, y Kid y yo nos habíamos pasado mucho rato pegados al cristal mientras nuestros ojos recorrían la escena: dos maniquíes de madera a escala humana, uno representando a un arapajó, el otro a un pionero, armados y vestidos con sus ropas originarias, cofia y gorra de su clan, intercambiaban sus presas en torno a una hoguera de cartón, los pies en la tierra batida, entre todo ello, en sus palmas abiertas, lentejuelas doradas y piedras de color. Volví más adelante, sola, y la mujer de pelo gris corto que fumaba un purito al fondo de la tienda, inclinada sobre unos papeles, no levantó la cabeza cuando empujé la puerta, disparando un interminable tintineo eléctrico. Bajita y endeble, labios de un rojo desvaído, hombros estrechos, dedos largos y torcidos como garras, lucía gafas redondas con montura metálica y camisa de chambray de cuello cerrado con un medallón de obsidiana. Deambulé entre los tambores indios, los viejos colts y los puñales, las estrellas de sheriff –algunas sorprendentemente rutilantes–, los fósiles, la alfarería y las fotografías –con las inevitables tomas de Edward S. Curtis, y entre ellas algunas copias de época que costaban siete mil dólares–, los gamos disecados, las cornamentas de ciervo pulidas, las colecciones de mariposas, los grabados de ardillas, las cajas de especias, los dominós de marfil, extrañamente indiferente a la autenticidad de los objetos, incapaz de evaluar la estafa, la imitación, la falsedad, pero arrebatada, enfebrecida incluso, la menor curiosidad, la menor baratija suscitando una historia, arrancando un relato, atrayendo una imagen, evolucioné entre las cosas, a través de aquel teatro de objetos, aquel caleidoscopio inmersivo en el que planeaban vapores de tabaco densos como los humos de un incensario, que tan solo llamaban a creer en aquel brillo de meteorito, aquel colmillo de mamut, aquella pipa que Toro Sentado había chupado durante veladas enteras, o aquellas puntas de flecha del tamaño de una uña que combinaban todos los tonos cromáticos del desierto –rosa ceniciento, palma de mono, centeno dorado–, con la etiqueta «Clovis, paleolítico».

Me acerqué a la pared para descifrar el diploma de geología que la Colorado School of Mines había otorgado a Cassandra Fallow –el papel crema ornado con el escudo negro con los emblemas de los mineros, el piolet y la piqueta, la tipografía gótica y el nombre de la laureada trazado con tinta roja–; luego examiné la colección de piedras dispuestas en los estantes de madera oscura, cada una provista de una etiqueta que indicaba su procedencia, especificando sus componentes, su edad, sus propiedades, y descubrí un guijarro de un intenso verde azulado, conglomerado cristalizado, erizado de pequeños bulbos opacos, del tamaño y la forma de una pera. La mujer me repasaba ahora, purito en la comisura de los labios, los ojos de obsidiana también, y rasgados, dos rendijas, luego se me acercó a través de su maremágnum, liviana, ágil con sus zapatos de cuero y gruesas suelas, algo feos e incómodos, entre deportivas y calzado de andar, y me incitó a coger, a tocar la piedra, una amazonita de Pikes, Colorado Springs, para darle vueltas a la luz, bajo mis dedos, *touch the stone, feel it,* y su voz, vehiculada por los humos de tabaco, hizo oír el viejo tumulto.

En otro tiempo había enseñado geología en la Engineering Hall, donde siempre comenzaba pidiendo a cada uno que examinase lo que yacía bajo sus pies y se representase lo irrepresentable: el tiempo profundo de la cronología subterránea. Ella misma llevaba años surcando la región, la recorría como científica y como minera, pues necesitaba ser imaginativa –justamente como lo son los mineros, me precisó con malicia– para prospectar bajo la superficie de determinado territorio, y tal vez también para remontarse en el tiempo. Seguir los plegamientos con largo radio de curvatura y el trazado de las fallas, acompañar la creación de los ríos y la erosión de las cimas, estudiar capas sedimentarias que podían alcanzar treinta kilómetros de espesor, hacer reaparecer la orogénesis de Sonoma y la superficie de las Rocosas, revivir las erupciones volcánicas, las tempestades de cenizas, las arenas dunarias recubiertas de gres, de esquisto o de granito, y por último, cual un eco de otrora, recordar las aguas tropicales y poco profundas que bañaban la zona hace quinientos millones de años, palpitaciones de la vida multicelular que rebulle en el borboteo primitivo; todo ello para descubrir emplazamientos de piedras de determinada calidad que una vez arrancadas a la montaña, liberadas de su ganga rocosa, pasaban directamente a los cofres de las colecciones privadas, los escaparates de los grandes museos, minerales y cristales de Suiza, de Alemania o de China, fotografiados en lujosos catálogos ofrecidos por grandes firmas de joyería –pero la mineralogista conservaba las más hermosas para su reserva secreta: estaba *mad about stones*–. Yo no despegaba los ojos de ella, hablaba bajo y despacio, fragmentaba las frases soplando tiempo y humo entre las palabras, instaurando una duración, estirando la voz, que se propagaba muy lentamente en la estancia, impregnada de un toque profundo y soñador que me perturbaba: todos los objetos presentes en derredor se conectaban unos con otros, se fusionaban en sus labios escarlatas. Así que cuando me anunció el precio exorbitante de la piedra, cuatrocientos ochenta y nueve dólares, desprendía toda ella un hechizo tan turbador que balbucí que iba a pensármelo, y me disponía a salir de espaldas de la tienda cuando pescó un pequeño fragmento de amazonita de una copa llena de guijarros multicolores, un gesto de lo más vivo, similar a ese instante en que el pájaro captura una lombriz en el suelo, hop, *take it*, lo depositó en mi mano, me cerró los dedos, y a renglón seguido, aplastando la colilla en el cenicero, los ojos deformados por las gafas y clavados en los míos, enumeró las virtudes de la piedra con su voz chispeante: actúa contra los miedos, favorece la expresión de uno mismo y la autonomía. Durante un instante experimenté una extraña sensación de calor en el tórax, y todo se aceleró, como si aquel fragmento de materia salido del fondo del tiempo, apandado en el subsuelo de Colorado, se hubiera sincronizado en el acto con mi cuerpo, desenvainando sus poderes, casi radiactivo. Percibía de muy lejos la voz de la mujer que me aconsejaba ahora que montase el fragmento como amuleto, y me rogaba que volviera a verla, puesto que me gustaban también las piedras, *my name is Cassandra, and yours?* Corrí a mi casa con la amazonita cerrada en el puño, cada vez me parecía más ardiente, y cuando aflojé los dedos en la encrucijada de Illinois y la Dieciséis, vi, tatuada en mi piel, su sombra verde en forma de estrella. *Mad about stones.*

Muy pronto la piscina donde cada mañana nado un kilómetro: veinte largos a crol, diez de espalda, los últimos a nado indio, mi preferido. Mi cuerpo cambia, salta a la vista –vientre plano, muslos más firmes, hombros–. Tomo South Golden Rd. y subo por Ford St., hasta la Décima, para cruzar el puente sobre el Clear Creek –claro arroyo de montaña transformado en río tumultuoso–, desde donde diviso a los expertos en pesca con mosca y las canoas multicolores, y el Recreation Center se alzará a lo lejos, a la izquierda, en la linde de la pradera, insospechada combinación de complejo deportivo y centro asociativo. Su baza, pues, su joya, es la piscina: techo catedral artesonado de pino dorado y pared panorámica vidriada a lo largo de treinta metros, piscina con calles de natación y piscina para niños, jacuzzi, sauna.

La primera vez fui con Kid, a quien le encanta jugar en el agua, y que no dejaba de reír, de saltar y de tragar agua, para acabar con los labios morados y los ojos enrojecidos, tiritando bajo una toalla húmeda. Más adelante, volví sola. Sam, incitante, me llevaba con el coche al término del circuito matinal en el que nos deteníamos en la escuela de Kid; luego él se marchaba a trabajar, impaciente por ir a «comenzar la jornada» como decía –dándome a entender con esas palabras que nada había comenzado del todo hasta entonces–, pero igualmente inquieto por la mía, atosigado, las manos sobre el volante dispuesto a arrancar pero inclinado hacia mí, atento: ¿todo irá bien? Yo asentía y luego saltaba presta del coche cerrando de golpe la portezuela. Pero a veces prolongaba ese momento, ladina, y lo retenía hasta que él torcía el gesto pisando muy ligeramente el acelerador, sacudía la cabeza, consternado, ahora tengo que irme, de verdad –palabras que yo guardaba a toda prisa, antes de salir pitando–. Luego nadaba tres o cuatro largos para limpiarme la conciencia, obstruyendo el pasillo en el que unas nadadoras sobradamente más rápidas, cabezas embutidas en gorros negros, escapaban bajo el agua como torpedos y manifestaban su impaciencia hacia mi pinta de hipocampo arreándome golpes al pasar. Después iba a chapotear en el jacuzzi, donde mi mirada se abismaba en los borbotones. Sin embargo, algo se aceleró al poco en mi cuerpo, algo desconocido, un fenómeno a la par irreprimible e incontrolable; a medida que pasaban los días, acrecenté mi tiempo de natación y mi distancia, descubriendo una resistencia física, un ardor muscular y un ansia de desgaste que ignoraba poseer. Dejé de flotar, indolente, para hendir la superficie del agua, lanzar los brazos hacia delante, regular el movimiento de los pies, coordinar la respiración, y al poco nadé sin pensar en ello, o mejor dicho, nadé sin pensar en nada, y en esos recorridos monótonos, embrutecedores –y es que sin duda necesitaba embrutecerme–, saltó a los ojos: nadaba en aguas turbias, aprendía a perder pie.

Hay muchas otras cosas que hacer en el Recreation Center, algunas personas bienintencionadas se las ingenian para decírselo a Sam, que me transmite el mensaje antes de concluir mirando hacia otro lado: aquí tienes tiempo para ti. Un dédalo de salas desnudas y escolares alberga actividades con las que la multitud primero me ha mareado y luego asqueado vagamente; patchwork y scrapbooking, maquillaje para Halloween y decoraciones para Navidad, galletas de jengibre y bizcochos de canela, baile country, pilates, dibujo, ping-pong, squash, y también ese taller de alfarería entrevisto una noche, al que quizá iré, que me tienta bastante. Perpleja, me he resistido a mezclarme con esas *housewives* dinámicas que saltan de sus Toyota Land Cruiser embutidas en leggings abigarrados y pasan días enteros aquí.

Tienes tiempo para ti. Todavía no sé qué significa eso, lo adivino apenas, otra realidad ha irrumpido, y mi vida ya no se parece a nada. Hace tres meses, era una joven madre urbanita y asalariada cuya vida se resumía en llegar tarde, en bajar hasta la misma calzada para llamar taxis cuyo coste suponía una carga sustancial para mis ingresos diarios. En vaciar mi bolso y mis bolsillos en el rellano para dar con mis llaves, o en llegar al súper cuando abre para comprar la leche que le vierto en el tazón a mi hijo por las mañanas. Trabajaba para un editor de mapas geográficos, producía imágenes y ponía leyendas a documentos enfrascada en un ordenador en un despacho junto a la puerta de Versalles, enardecida, febril, presa de una energía colectiva, y me enorgullecía de una agenda sin tiempos muertos. La piscina no estaba hecha para mí, y eso no tenía ninguna importancia –solo me gustan los baños de mar–. Tienes tiempo para ti.

Sam, por su parte, se levanta pronto y se acuesta tarde –el halo de la lámpara de escritorio en su rostro a las dos de la mañana, inclinado sobre unos cuadernos alineados cubiertos de ecuaciones matemáticas–, tan solo se concede unas horas libres los fines de semana para darse un paseo, un garbeo hasta Boulder, un almuerzo en Morrison, donde esas dos mujeres vestidas con pichis floreados, como las esposas de los pioneros de antaño, aquellas creyentes con cabellos de centeno y manos callosas. Se ha integrado en diferentes grupos de investigación, prepara conferencias, devuelve trabajos, se ve con gente, sus amigos se llaman Carlos, Haruki, Kurt, Yussef o Svetlana, sobre todo tiene amigos, recibe llamadas y concierta citas –hemos celebrado Halloween en casa de Steve y Pamela, unos cuarentones que enseñan geofísica y tocan en un grupo de metal; nevaba aquella noche, la cerveza corría a espuertas e íbamos los tres disfrazados de perros–. Algunos días, cuando Kid está en el colegio, no hablo con nadie hasta la noche, salvo con el conductor del *shuttle*, con Cassandra la mineralogista, o con la chica que me sirve el capuchino en Pine St. A partir de ese momento, soy un ser invisible y solitario. Una relación totalmente distinta media entre mi persona y el mundo. Creo que intento captar una frecuencia. Y no quiero actividades, eso sí que no. No quiero nada.

Luego, tomé el autobús, decidida a apañármelas sola, sin tener que pedirle a Sam que me llevase, deseosa de medirme con el territorio y segura de superar sus trabas, su extensión, desde luego, pero también las deficiencias de los transportes públicos, una red demasiado ancha y morosa, vastos sectores de la zona, algunos de los cuales engloban localidades enteras –Lakewood, Wheat Ridge, Morrison–, que permanecen al margen de las líneas de bus, cual bolsas estancas que solo el uso del coche puede volver porosas. Yo ignoraba por entonces que Golden era una de ellas y que, para sortear esa trampa, para enlazar el centro de Denver con el Denver Art Museum, situado a quince millas del campus, primero tenía que salir, extraerme incluso de allí, ya que los *shuttles* –los pequeños autobuses municipales de color amarillo dorado– no hacen más que dar vueltas por el interior de los límites oficiales de la ciudad, sin rebasarlos nunca. Así pues, busqué en su circuito un punto tangencial que me acercase a una parada comunicada con la red general de autobuses de Denver, y marché, ligera, bajo un sol frío y las campanadas de mediodía.

Una vez en el autobús, negocié con el conductor una parada rápida en South Golden Rd., y, de buen talante, aceptó: *good luck*, soltó a mi espalda al tiempo que yo saltaba del vehículo, sin que pudiera discernir con certeza si se trataba de ironía, o, por el contrario, de una suerte de aliento enternecido por lo que me disponía a afrontar, obstinada, y que él se imaginaba sobradamente. De hecho, caminé dos o tres kilómetros a lo largo de la estruendosa autovía recorrida por una estrecha franja cimentada que hacía de acera. Por más que me desviaba hacia los matorrales cubiertos de polvo, los coches me rozaban –notaba el aire que me azotaba el hombro–, algunos me tocaban la bocina con insistencia, y cuando me adelantaban, vislumbraba los gestos hostiles de los conductores, sus bocas deformadas por los gritos y los juramentos. Perturbaba la circulación, no iba por el lugar adecuado –caminaba a contrapelo–. Pero más adelante, la parada para Denver seguía brillando por su ausencia, ningún poste, ninguna marquesina, tan solo pude situarla al ver a un hombre plantado en el borde de la carretera, tácito, la mirada camuflada por unas gafas de sol y un reproductor en el oído, vestido con unos vaqueros mineralizados por la mugre y una parka que apestaba a hoguera. Me coloqué cerca de él y el bus apareció efectivamente a los diez minutos. Casi vacío.

Fui a sentarme a un asiento destartalado en el fondo; de repente una oleada de luz blanquísima me indicó que algo estaba cambiando fuera, y la voz grabada que iba marcando el trayecto anunció: Colfax. Deslumbrada, no capté de inmediato lo que pasaba ahí, a lo largo de aquella arteria que jalonaba el centro de Denver en cerca de diez millas, y amusgué los ojos: unos aparcamientos de coches rodeaban el bus hasta perderse la vista. Cientos de concesionarios y de vendedores de vehículos de ocasión, miles de coches y de camionetas estaban estacionados allí, pegados, agrupados, formando una superficie de metal que destellaba al sol. Vistos desde mi asiento, los techos y los capós parecían haber sustituido literalmente el suelo, eran la carrocería de la llanura y la insipidez del relieve aumentando el efecto de perspectiva, conferían a la cuenca de Denver el espectáculo de un lago deslumbrante. Estandartes y banderolas flotaban en lo alto del cielo, enmarcando rótulos gigantes, tan solemnes y majestuosos como las banderas de países, sus logotipos abigarrados resaltando en la inmensidad monocroma y sus letras enunciando el gran alfabeto de la industria automovilística americana: Buick, Cadillac, Chevrolet, Chrysler, Dodge, Ford, Jeep, Lincoln, Mercury, Plymouth, Pontiac. Y cuando vi en el cielo el caballo al galope, crin al viento, recordé que Sam había comprado el Mustang en Colfax.

El interior del bus resplandeció así durante media hora, y ninguno de los que subían se parecía a aquellos con los que me cruzaba en Golden, en Main St. o en las avenidas del campus –no hacía falta ser un iniciado para verlo–. Esperaban en el arcén de la carretera, al viento, eran pobres y drogatas, y llevaban unas deportivas cochambrosas, e iban a pie: el país no estaba hecho para ellos. El tipo de la parka, que olía a humo de cabaña –fueguecillo húmedo y carne chamuscada–, vino súbitamente a sentarse a mi lado, se quitó las gafas de sol, y sin despegar los ojos de mí, se desató lentamente una de las deportivas, se quitó el calcetín, se escupió en las manos y empezó a masajearse el pie; era un pie gris y calloso pero de forma potente, la piel estriada de cortes, surcada de cicatrices, las uñas largas y negras, un pie de tobillo recio, tatuado con un aro de alambre de púas; lo orientó en mi dirección, me lo colocó bajo la nariz por así decirlo, como un desafío, como un documento, mientras mis ojos volvían sin cesar a las líneas enmarañadas que resquebrajaban su bóveda plantar, agrietaban la piel, cartografiaban el estado.

Una vez alcanzados los primeros bloques de viviendas del centro de la ciudad, los primeros edificios de pisos y los rascacielos, todo se tornó grisáceo, el bus se ensombreció, y un instante después estacionaba en un parking azotado por los vientos bajo una torre de vidrio. Sam y yo habíamos observado que la terminal estaba situada cerca del museo, a menos de doscientos metros. ¿Cómo pude, entonces, perderme? El centro de Denver era frío y estaba despoblado, ni una silueta humana en mi campo de visión, solo una ola fluida de vehículos con los cristales ahumados donde se reflejaban las puertas blindadas de los edificios. Di media vuelta, confusa; el sentido de orientación que pretendía poseer –un as en la manga– había desaparecido, y caminé, abrumada por el gigantismo de los edificios oficiales tontamente alineados a lo largo de explanadas inertes, alrededor de edificios sin puertas ni ventanas pero provistos de pesadas cúpulas y de solemnes frontones, y cuando entré por fin en el museo, inmenso, donde las escasas voces ante las taquillas resonaban como en un templo, eran las cuatro y ni siquiera disponía de una hora para ver la colección de las artes autóctonas de América del Norte, los objetos por los que había hecho el viaje.

Me precipité a la primera planta, pero una vez en el umbral supe que debía reducir la marcha: tras aquellas vitrinas dispersas, las obras expuestas cobraban ineluctablemente una dimensión de indicios. Parciales, gastadas, frágiles. Se exponían sin escenificación alguna, con una austeridad total, una desnudez que centuplicaba su fuerza. Su materialidad me saltó a la cara: ante aquellos majestuosos tipis de piel de bisonte dispuestos en el suelo, aquellas mantas frías con patrones bordados, aquellas túnicas ornadas con plumas y perlas suspendidas en perchas de metal, ante aquellas cunas de madera vacías pintadas tiernamente con turquesa, o aquel collar de piel y zarpas de oso dispuesto en un expositor, la realidad de la desaparición de los indios resultaba palpable. Los objetos eran tan concretos, irreductibles tras el cristal, resistentes, que lograban devolver una presencia a lo que ya no existía. Me enfrasqué en los carteles que detallaban las especificaciones científicas de cada artefacto: material, fecha, localidad, técnica, nombre del artista. Antes de irme, observé largo y tendido un cesto de Elizabeth Hickox confeccionado en 1914, un cesto de mimbre y pinchos de puerco espín.

Me saqué el carnet de conducir. El examen teórico lo hice en una escuela de Lakewood, más seis horas de conducción, o sea dos tardes, con una mujer llamada Martina Prewalski, que presentaba la particularidad de llevar continuamente algo en los labios, las más de las veces una galleta Oreo, y que usaba para instruirme dos palabras: *relax* y *cool.* Aquí se consigue fácilmente, me dijo todo el mundo. Lo conseguí efectuando una maniobra elemental en un parking desierto de Wheat Ridge, detrás de la penitenciaría. Y eso fue todo.

La prueba en sí se liquidó en media hora, muy distinta del rito de paso que supuestamente me daba acceso al espacio americano y que supuestamente alargaba mis trayectorias y favorecía mis vagabundeos. Antes de arrancar el motor el día del examen, una vez acomodada ante el volante, puse buen cuidado en comprobar a tientas que mi amazonita estaba bien metida en el fondo de mis vaqueros, que se calentaba en secreto, las virtudes de la piedra asociadas a ese carnet de conducir, a ese imperativo de autonomía que Sam consolidaba cada día más entre nosotros, arguyendo que saber conducir me convertiría en una mujer autónoma, cosa que a todas luces yo no era, no, no lo eres, en cualquier caso no de verdad, me decía, y además obstinándome en coger el autobús o caminar solo pretendía hacerme la especial, dejar claro a los de aquí que yo era distinta, europea, que me había formado en auténticas ciudades, que vivía en una capital en la que no se requería conducir, en la que la red de metro, su estrellado arácneo, sus líneas prolongadas más allá de la ronda, llevaba a todas partes, y rápido, con soltura, de modo que el no saber conducir venía a ser una forma de condescendencia, sí, afirmaba, es una muestra de tu desprecio por las contingencias, la vida práctica, como si estuvieras por encima de todo eso, pero no estás por encima de todo eso, repetía, recogiendo sus libros y sus cuadernos y metiéndolos en una gran bolsa de tela en el momento de irse a la Engineering Hall, e incluso te atañe directamente lo del permiso de conducir, porque si condujeras tus días serían diferentes, cambiarían la tira, no necesitarías esperarme para hacer tus cosas, no dependerías de mí, serías libre, y mientras cruzaba la puerta, contrariado, yo le replicaba *in extremis*, apretados los dientes, si yo no te espero, hago mi vida, no te pido nada, todo va bien, gracias, una escena que se repetía un día de cada dos, con sus variantes agridulces o sus gritos, sin lograr camuflar el tormento de Sam, su inquietud verdadera, lo mucho que le preocupaba mi adaptación, ya que su propia estancia dependía de ello, él había tomado la decisión de venir y nos había arrastrado con él a Kid y a mí, había impulsado el desplazamiento, una maniobra súbita, un giro dramático, pero una maniobra cuyo eje secreto era yo, y que me afectaba mucho más que a él mismo, porque hacerse con un nuevo diploma era menos importante para él que irse a otra parte, y lejos, aquello le importaba a él un pepino, buscaba más distraerme de la pena que yo experimentaba después de que el bebé que se había formado dentro de mí durante más de siete meses hubiera muerto en mi vientre, yo tan hecha polvo después del hospital, transitando por un apartamento de la rue de l'Oiseau, sin siquiera abrir los postigos, hablando poco, durmiendo mucho, ajena a los demás, descuidando a mi pequeño Kid, que aun así se deslizaba en mi cama, me lamía las mejillas y me soplaba en los párpados, lo que esperábamos no tendría lugar, un vacío sin nombre me aspiraba día tras día a un agujero oscuro y helado en cuyo fondo tan solo podía depositar mi fatiga, mi cuerpo irrisorio como una cáscara vacía, y también, lo percibía, ese desasosiego ante la fatalidad, frente a una violencia sin causa, un desasosiego que no era todavía la negación altiva en que iba a convertirse, imponiendo el silencio a mis allegados, no consintiendo más que los gestos de Sam, que me repetía que íbamos a largarnos de allí, a dejar atrás todo lo que hiere y lastima –sostenía mi cara entre sus manos y me hablaba en la frente–, íbamos a cambiar de rumbo, la Colorado School of Mines era un maravilloso pretexto, y Sam, abierto a todas las fabulaciones para sacarme del marasmo, incluido contarse a sí mismo una historia muy distinta, a marchar tres semanas de ojeador y dormir en un motel de Colfax donde las sábanas de poliéster parecían a punto de inflamarse, donde las voces de los televisores –la banda sonora americana: anuncios, jadeos porno, noticias–, los grifos y descargas de agua, las conversaciones telefónicas, las peleas, todo eso traspasaba los tabiques de su habitación no más gruesas que el papel de fumar, dispuesto a retomar matemáticas de alto nivel con cracs de veinte años, listo para creérselo por encima de todo, pero para que eso funcionase, yo tenía que poner de mi parte, ¡joder!, y para ello aprender a conducir.

A la hora acordada, el primer día, Martina acudió a buscarme enfrente de la casa, pegada a la portezuela de un Honda Civic gris metalizado. Comprendí, al ver el montón de ropa, las deportivas mugrientas y los paquetes de Oreo despanzurrados en el asiento trasero, que era a un tiempo su herramienta de trabajo y su coche personal. Me tendió una mano fresca y regordeta, repasándome de los pies a la cabeza con sus ojillos grises hundidos más allá, me invitó a subir con un gesto indolente y, tras una somera presentación del salpicadero, los pedales y la caja de cambios, tomamos la Sexta Oeste y nos plantamos en Colfax. La circulación era fluida, y Martina me describía cada uno de sus actos, de sus gestos, insistía en la importancia de la respiración soltando el volante con una mano que depositaba en su barriga del tamaño de un balón, repetía sin cesar las tácticas requeridas para adelantar, girar, cambiar de carril, usando para hacerlo una voz baja y monocorde, vagamente aguardentosa, sus palabras progresando según una elocución perfectamente cadenciosa, un patrón regular en el que cada acento tónico le ofrecía una suerte de apoyo, una posibilidad de reimpulso, y la oía, capaz de hablar continuamente durante horas –uno miro en el retrovisor, dos pongo el intermitente, tres giro el volante, cuatro aprieto el pedal derecho para adelantar y cinco retrocedo–. El habitáculo estaba saturado de instrucciones, cual un templo de mantras, y yo escuchaba, los ojos vueltos hacia su perfil de gruesa muñeca de rizos tan firmes como los de una cinta Bolduc en el paquete de regalo, la nariz respingona, las mejillas rellenas, los labios nacarados y esa doble barbilla que ondulaba en cuanto volvía la cabeza un poco bruscamente, cosa rara en ella porque iba muy tranquila, embutida en un amplio chándal rosa, un muletón espeso y confortable, bordado delante con una pluma.

Al cabo de un rato, Martina me dijo que no la mirara así y que más valía que mirase sus manos, sus hombros, sus piernas, sus ojos: todo tu cuerpo está implicado cuando estás al volante –*your entire body*–, y observé el suyo un momento antes de reorientarme frente a la carretera, su voz en mi oído arrullándome tan bien que habría podido conducir hasta el mar, cuando, al cabo de una hora, deslizó una frase distinta en su melopea, unas palabras que silbaron en mi oído, *I've to go home*, y a renglón seguido nos desviamos directas hacia el sur en dirección a Aurora, en los suburbios de Denver, la cual no hacía honor a su nombre, pues nada despuntaba allí, y lo que menos la luz, el más pequeño fulgor había sido relegado de aquellos parajes, reinaba una opacidad que nada tenía que ver con la mugre del parabrisas, sino más bien con el fenómeno urbano que parecía expirar en aquel lugar, jadeante, rampante, reducido tan solo a su empuje horizontal, a cuadrícula sin fin de arterias desnudas, transparente, casi diáfana. La ausencia de árboles, las barracas discontinuas, los tejados planos, todo ello producía una impresión de aplastamiento, de suelo tapizado, algo en Aurora se arrastraba rebajado, aplanado en el polvo de la llanura, en la tristeza de la tierra. Martina conducía lentamente, al tiempo que recitaba sus consignas en cada stop –uno pongo el intermitente, dos detengo el coche, tres miro a cada lado de la carretera, cuatro acelero–, y al poco entramos en un lugar llamado Meadows Park, que radicalizaba un poco más la partición del suelo, los terrenos divididos en lotes, luego en parcelas circunscritas con yeso, donde se habían entregado en camiones casas prefabricadas en remolques estrechos, viviendas más o menos idénticas, de esas –endebles, fabricadas sin cimientos, ni tan siquiera una cámara sanitaria bajo el suelo– que uno imagina volando por los aires, pulverizadas, aplastadas en el ojo del primer tornado. Aparcó tres avenidas más lejos ante una autocaravana amarillo pálido de paredes forradas de aluminio, rodeada de un rectángulo de gleba y de grava que la tormenta de la víspera había convertido en lodo, *my home*, bajó del coche, precisándome que no iba a tardar, y la miré desaparecer tras el tabique delgaducho, aspirada en un fuera de campo invisible en el que adiviné, al ver la entrada y los juguetes abandonados en el barrizal, que albergaba al menos a un niño.

Eran las tres, el cielo estaba desvaído, de color cebada enferma, y el silencio se asemejaba de nuevo al zumbido continuo de una nevera, un silencio tan extraño, tan invasor que no alcanzaba a distinguirlo de mí misma, como si morase en mi cerebro, confundido con las pulsaciones de mi sangre, y no en aquel *park* donde por más que las autocaravanas albergaran cientos de vidas humanas, una impresión de vacío calafateaba el lugar, ni un alma viva a la vista, pensé si bien un poco precipitadamente, porque no era tanto el vacío como un exceso de presencia lo que rezumaba, presencias afásicas, ahogadas, oprimidas por la pobreza, una cortina que se alza tras un cristal sucio, una chiquilla que sale medio desnuda al umbral de su vivienda con un botellín de cerveza en la mano y me hace una peineta, dos tipos que arrastran en el cruce de carreteras de enfrente, furtivos, unos gatos salvajes. Como la espera se alargaba –la idea misma de la espera disparatada allí, en aquel parque de caravanas, aquel *trailer park* donde nadie esperaba ya nada desde hacía tiempo, sino que la vida transcurriera manteniendo la miseria a ras del asfalto y sobre todo no mucho más abajo, *please*, peor no, porque por lo menos había que juntar los trescientos cincuenta dólares mensuales del alquiler de la parcela a los que se sumaba con frecuencia un alquiler por la autocaravana, todo ello pudiendo ascender a setecientos, ochocientos dólares al mes, y eso tan solo para que se les permitiera pararse en algún sitio, para respirar–, como Martina no reaparecía, inspeccioné la parte delantera del coche, y acabé abriendo la guantera, buscando una guía, o mejor un mapa topográfico, algo que leer, que mirar, y tanteando en el fondo noté algo frío y duro que cogí y saqué a la luz del día, no tan sorprendida, visto el cielo sucio, las paredes endebles, las ventanas mal encajadas que dejaban silbar un viento desapacible, de sostener en mi mano un arma de fuego, un arma corta según dicen, una pistola negra, extraplana también, de culata metálica y cañón corto; la sopesé y la observé bajo todos los ángulos, intentando identificar el mecanismo de la cosa, recortando vagamente palabras como «martillo», «cerrojo», «disparador», palabras que planeaban sobre un esquema, incapaces de detenerse sobre una parte cualquiera del objeto, incapaces por lo tanto de subtitularlo, pero absorbidas por esta única sílaba, *gun*, explosiva, que llena la boca, apretada, agresiva; y era la primera vez que veía una de verdad precisamente, la primera vez que sostenía una en las manos –no había conocido hasta entonces más que la carabina de la abuela, la que llevábamos al campo de detrás de la casa para disparar sobre blancos de madera y truncar el tedio canicular del mes de julio en Charente–, y más que la idea de la muerte agazapada en el fondo del cañón, fue la compacidad del objeto lo que me turbó, su densidad enigmática; así hipnotizada, no oí a Martina salir de su casa, cruzar la pequeña barrera tan inútil como enrejada que cercaba su parcela, y solo cuando cerró de golpe la portezuela tras levantar y meter dos enormes bolsas de plástico en la parte trasera del coche me sobresalté, despavorida, incapaz de calcular el tiempo que necesitaría para dejar la pipa en su sitio antes de que ella subiera al coche, dudando una fracción de segundo, un lapso demasiado largo aún, pues en el momento en que Martina se dejó caer en el asiento del conductor –una bolsa ella también– solo me había dado tiempo de pegar un rodillazo en la guantera para cerrarla y deslizar la pipa bajo mis nalgas, o mejor dicho bajo mi nalga derecha, en el lado de la portezuela. Martina me dirigió una sonrisa antes de arrancar de nuevo, *let's go now*, y entonó su canturreo, pero limitándose a contar ahora, parándose de golpe detrás de cada número a fin de que yo prosiguiese su frase, la completase citando la operación correcta, el gesto correcto que hacer, tarea que yo resolví a duras penas, recordando con dificultad, farfullando, perturbada al sentir bajo mi isquion la *gun* de Martina, que pese a ser plana, tenía su espesor, tanto es así que yo me hallaba desequilibrada, la espalda torcida, el hombro izquierdo manifiestamente más bajo que el derecho, un desajuste que yo compensaba estirando la columna vertebral en sentido vertical –la situación me superaba por completo, me proyectaba a otra dimensión de la realidad, una dimensión superconcreta, pues la pistola bajo mi nalga no era una imagen, era dura como una piedra, y me hacía daño–. Volvimos a tomar la autopista en sentido inverso, circulamos hasta las Rocosas, que nunca había visto tan altas sobre la llanura, estiradas a través del parabrisas cual esas olas monstruosas que alcanzan sesenta metros de altura y se ven ascender en el horizonte en Nazaré, Portugal; y de súbito Martina interrumpió su monserga y me anunció que íbamos a efectuar un alto rápido a fin de depositar la *laundry*, hizo un ademán con la barbilla hacia las bolsas hinchadas en el asiento trasero, consultó su reloj y repitió:

a quick stop. Acto seguido visualicé el gesto que tenía que hacer para volver a colocar la *gun* en la guantera tan pronto ella me volviera la espalda.

Mientras nos desviábamos a la derecha, Martina bostezó varias veces y vislumbré, en su arco alveolar superior, un ancho vacío en el lugar de los dos primeros molares de la derecha. *Sorry*. Había trabajado tarde, por entonces planchaba para gente de North Table Mountain, alzó las manos del volante para designar un cono monumental, pues se trataba de una enorme montaña de ropa blanca para una familia numerosa; luego concluyó: necesito dinero, *I need cash*. Se le cambiaba la voz, las sílabas entrecortadas, las vocales cargadas ahora, rugosas, como raspadas en el fondo de la garganta y expulsadas con ira, una cadencia sincopada sin ya gran cosa que ver con el flujo monocorde y lánguido que tenía al ir por el camino de Aurora. *I need cash*. Eso era: quería largarse de Meadows Park, demasiada delincuencia allí dentro, demasiada violencia, una reputación jodidamente espantosa, si se enteran de que vives aquí, no te dan curro, y tengo dos chicos, pero ellos no serán nunca *trailers trash*, basura de caravanas, te lo digo yo, *no way*, y mientras decía eso puso el intermitente y adelantó a toda velocidad a un camión cisterna que se movía como un caracol; el padre de sus hijos había ahuecado el ala, volatilizado, pscht –sus dedos se agitaron por encima del volante, un vuelo de mariposas–, y su salario en la autoescuela no bastaba para cubrir los créditos, quería regresar a Lakewood, y aprovechaba todas las ocasiones, cortaba el césped a un profesor de coreano en la parte baja del campus y trabajaba los domingos en una residencia de ancianos –soltó una risita al pronunciar el nombre del establecimiento: ¡Fossil Trace Center!–, había invertido en un centro de planchado que esperaba amortizar de ahí a final de mes, y, por cierto –de pronto bajó la voz, estirando las sílabas finales como chicle–, me puedo ocupar de tu ropa blanca, a mí no me importa, interpretó mal mi rictus doloroso y me precisó que la mujer a cuya casa íbamos había sido alumna suya, le había enseñado a conducir, podía confiar totalmente en ella.

El intercambiador vial en forma de mosca gigante nos depositó en una extensión de matorrales raquíticos, y al poco apareció otra urbanización, que concentraba edificios grandes, estos de gran solidez: dos garajes, tres plantas, cuatro pendientes en el tejado. *Here we are.* Redujo la velocidad ante una fachada iluminada, desde donde se acercó una rubia alta vestida con un chándal gris de mezclilla, seguida de un mozo de buena planta que llevaba dos bolsas más de ropa blanca y sin decir palabra hizo el intercambio en el asiento trasero. La mujer golpeó el cristal y se inclinó para tender a Martina un delgado fajo de billetes y concertar cita para el día siguiente a la misma hora, recalcando la transacción con un guiño que acentuó su pata de gallo, *please Martina, come on.* Martina se volvió hacia las bolsas de detrás, más voluminosas que las anteriores, pareció contener su respuesta, apretó los labios para ahogar un suspiro –si me niego, no volverá a recurrir a mí, tengo que hacerlo, eso se dijo– y con una espiración asintió con la cabeza, los rígidos rizos moviéndose a la altura de las mejillas, *ok.* Dimos media vuelta y entramos en

Golden. Martina, reviviendo, mordió una galleta y tornó a salmodiar su lección, la voz atenuada, pero lo que yo tenía bajo las nalgas ocupaba todo el espacio de mi cerebro, y ya no decía nada, embotada por aquella escena que se depositaba en mí: Martina insegura, atormentada, depauperada, acumulando los encargos en su Honda –facturando, al menos eso esperaba yo, horas, gasolina y kilometraje a la autoescuela–, y yo crispada en el sitio del muerto, incubando un revólver.

Cogerás el volante los últimos kilómetros, me anunció parando de repente en el arcén de la carretera que recorría el Cherry Creek y enlazaba con lo alto del campus por el oeste, estarás impaciente por conducir, ¿no? Balbucí que no sabía, para ganar tiempo, consciente de que iba a tener que levantarme para intercambiar mi sitio con el suyo y descubrir la pipa. ¿Cómo que no sabes? Su arco superciliar era tan prominente que creaba una suerte de visera sobre sus ojos de color zinc, por eso me aferré a su voz, de una autoridad indiscutible en aquel instante. ¿No sabes qué? Claro que vas a conducir, tienes que hacerlo, vas a volver a tu casa al volante del coche, *sugar*, piensa en tu marido, en tu pequeño *boy*. Yo estaba paralizada, acabé abriendo lentamente la portezuela, señal que suscitó el mismo gesto por parte de Martina, y mientras ella salía de su asiento, dejando el motor en marcha, di un golpe –¿un golpe de qué, de riñones?– con el fin de hacer que se deslizara la pistola por el suelo del Civic, pero basculó hacia mi bolso entreabierto. Martina y yo nos cruzamos delante del capó delantero, ella me dio una palmadita en la espalda, *relax*, e instantes después, yo conducía hacia Illinois St., despavorida y eufórica, incapaz de mantener un ritmo, una velocidad, el vehículo avanzaba a sacudidas sin por ello seguir un rumbo, oscilando en su trayectoria, como un cuerpo rígido, extraño, y por añadidura vagamente refractario a mi autoridad, un cuerpo que aunque está ligado al mío por obra de un mecanismo elemental, y en cierta medida prolonga mi persona, me resultaba desconocido, cual un injerto rebelde, una sustancia que percibía en demasía, en cada vibración ondeando en mi piel, en cada contracción de mis fibras musculares, que poseía una vida propia, una vida excesiva, una vida que no quería sino escapar de mí, que escapaba de mí. Avanzaba a la velocidad de un caracol, esforzándome en mitigar el mecanismo no sustentando ninguna intención particular, esforzándome en no pensar en la pipa en mi bolso, formulando con una voz automática cada uno de los pasos del procedimiento requerido para aminorar la marcha, girar, adelantar, salirme de la fila, parar; las sentencias de Martina retornaban, sonoras y bien articuladas en mi boca, y como me alentaba, me dio vagamente la impresión de estar cantando juntas.

Reduje la marcha delante de mi casa y vi asomar la cabecita de Kid en la ventana, al tiempo que Martina aplaudía, muy bien, *you're doing well*; luego me citó para el día siguiente, mismo lugar misma hora, recogí el bolso y cerré la portezuela. Una vez fuera, seguí con los ojos los faros traseros del coche hasta que desaparecieron: ¿se dirigiría Martina hacia Meadows Park para planchar la monumental montaña de ropa blanca para la monumental familia?, ¿iría a cortar el césped del profesor de coreano en la parte inferior del campus o a buscar a otra alumna para enseñarle a ser autónoma? Subí las escaleras ansiosa por estar en casa, cuando la imagen de la sonrisa de Martina se hizo presente mientras cruzaba la puerta, una sonrisa tan amplia que el agujero negro de su dentadura reapareció de repente.

El piso era la imagen de un hogar tranquilo y bien caldeado un atardecer de invierno, y cuando abrí la puerta, paso suelto, bolso en la sangradura del codo, un poco más pesado ahora, Kid se precipitó hacia mí, seguido de Sam, que me sonreía, tierno y burlón, bueno, ¿qué? Me habría gustado hacerle examinar el bolso, que descubriese la pipa como un botín y consintiese en imaginar conmigo aquella situación inverosímil, puesto que había conseguido –caray, pero ¿cómo lo has hecho?– encontrarme cargada con un arma, introducir en mi casa el objeto mismo de mi angustia, pero Kid revoloteaba a nuestro alrededor, y me cogía la mandíbula con las dos manos en cuanto dejaba de mirarlo, para dirigirla hacia él con un golpe seco y hablarme a menos de dos centímetros de la cara, hasta que acabé metiéndolo solapadamente ante un dibujo animado antes de indicarle a Sam que se reuniese conmigo en el sótano, un lugar que yo no solía pisar, al que había bajado una vez desde que llegamos allí, pues me daba miedo, asociaba esas estancias rezumantes iluminadas con una bombilla desnuda a los crímenes, a los millones de armas que circulaban en aquel país, a los asesinos en serie y a las matanzas en masa –el tipo que desenfunda su pistola automática en la puerta del McDonald's y se carga a una veintena de personas antes de volarse los sesos–, ironizando sobre todo eso, bromeando con mi canguelo, pero sin rebasarlo nunca hasta el punto de bajar la escalera tranquilamente para ir a poner una lavadora, eso es que has visto demasiadas películas, me repetía Sam sacudiendo la cabeza, exasperado, y de hecho acarreaba él solo la pequeña montaña de ropa blanca de su pequeña familia, y sin duda pensó que yo lo atraía a la planta inferior urdiendo una trampa sensual porque de repente estaba allí, haciéndose el inocente, la voz alterada, ¿qué pasa? Me coloqué bajo la luz fría, abrí el bolso para extraer la pipa, lentamente, y él, en vez de quedarse patidifuso, se estremeció, murmuró: pero ¿qué es eso? Nos inclinamos sobre la cosa y la miramos reflejar el país al que habíamos ido, mientras yo le narraba a toda velocidad y en voz baja aquella primera clase de conducción, una sesión que finalmente nada tenía que ver con aprender a conducir pero que me había conducido a otra parte, un sitio al que yo no iba, al que yo nunca habría ido, mientras Sam, flemático, me alentaba con preguntas sencillas y técnicas –¿tienes el número de la chica?, ¿cuándo es vuestra próxima cita?–, preguntas que desactivaban felizmente la presión sobre la pipa, su halo de fetiche, de símbolo de la violencia, para convertirla en accesorio de la panoplia americana, una pipa de plástico, entonces Kid apareció en la escalera, ligero en su pijama estampado con grizzlies: hay alguien. Subimos a escape y, en el umbral de la puerta, nos topamos con Martina, flemática, sonriente, con rastros de chocolate en la comisura de los labios y la mano tendida: *give it back*.

Los garbeos en el Mustang han pasado a ser diarios, arrancan cuando la tarde se ahonda, la luz se desvanece y todo a mi alrededor parece supeditado a esta acción: coger las llaves del coche, atraparlas con un solo gesto y hale. Al principio, busqué un pretexto, un simple recado –un cuaderno de rayas con tapa blanda, un bolígrafo negro de punta fina, una novela, un periódico en francés, carretes, sellos y sobres– que me llevaba a derivas automovilísticas que duraban varias horas y me conducían lejos, más allá de los límites de mi perímetro familiar, que no acababan hasta entrado el día en la puerta de la escuela de Davy Crockett. Pero poco a poco fui soltando aquellos puntos en torno a los cuales se desplegaban más o menos conscientemente mis trayectos, y salí porque sí, sin más meta que la de circular, más o menos confiada en el flujo urbano, inmersivo, aleatorio. Me siento al volante poniendo cuidado en controlar la inclinación del respaldo, la distancia de los pedales, luego arranco y mantengo una velocidad lenta y continua, una velocidad de crucero, me proyecto al azar, descentrada, desorientada, multiplicando los cambios, los volantazos, los desvíos, las perspectivas. Con frecuencia, una vez lanzada, enciendo la radio, asaltada de inmediato por las prédicas religiosas que sueltan de una frecuencia a otra voces varoniles, de modulaciones perversas, todas ellas seductoras y amenazantes, cavernosas, prédicas que desecho, eligiendo la música, una melodía, una canción que pueda cantar yo también con voz alta y clara, voz tonante incluso, a voz en grito, vamos. Es tan grato cantar alto sacudiendo la cabeza; y si bajo el volumen, percibo mi propia voz, furtiva pero increíblemente nítida, me vuelve, e insisto, como si esas horas a solas en el coche no sirviesen más que para eso: oírla. Ni errancia, ni siquiera exploración, esas horas se estiran con una suerte de inquietud excitada, un juego abierto, en el que la monotonía del suburbio, su continuidad infinita, pero también las escapadas por las colinas, los pliegues rocosos de la montaña, pueden en todo momento reavivar una imagen, un pensamiento, y reincorporar en mí lo que está disgregado.

He acabado perdiéndome –todo parecía hecho para perderse–. Una tarde turbia, al desviarme por laderas de hierba grisácea por encima de Golden, donde las casas idénticas se agrupan como tabas en el fondo de una bolsa, la carretera desaparece: al final del capó, escapa un sendero de gravilla entre los abetos negros. Un cartel de madera estampado con un criptograma señala el paso del Triceratops Trailhead, ese sendero de gran recorrido que se encuentra en la frontera del campus. Pienso enseguida en Dino, cuyo ojo de plástico con pestañas de vinilo se topa con el mío, y como si el Mustang fuera una habitación mágica, el habitáculo se deforma y Kid se me aparece frente a Cassandra la mineralogista aquel día en el que declaró en un francés inseguro: esta es la tierra de los dinosaurios. Está de pie, un mechón de pelo tieso en lo alto del cráneo, hosco pero intrigado. En torno a ellos, los objetos de la tienda parecen asentir en silencio y yo aguzo el oído. Los dinosaurios murieron hace tiempo, no queda uno solo en la Tierra, contesta imperturbable, mientras Cassandra lo aprueba con voz cansina, *yes, you're right*, antes de bajar una caja de cartón del estante y de extraer ante él una cosa pardusca del tamaño de un dedo pulgar de hombre adulto, una cosa cuyo material no alcanzo a discernir –¿piedra, resina, madera seca, plástico?–. *Look*, le dice a Kid: un diente de dinosaurio. Tras lo cual, enciende un purito: Colorado es uno de los mayores depósitos de fósiles de dinosaurios en el mundo, un chico como tú ha de saberlo. Me parece estar viendo a Kid que se acerca, escruta el objeto ornado con una etiqueta naranja –100 $– y se vuelve hacia mí: ¿es de verdad? Lo cojo entre los dedos, es brillante, está pulido, la punta está mellada, imagino el incisivo en la mandíbula de un diplodocus tímido, dedicado a pacer unos helechos arborescentes a la orilla del río, y decido que es auténtico. Acto seguido me distraigo hojeando los libros ilustrados, compro uno sobre la desaparición de los dinosaurios de dimensiones gigantes que Kid abre de inmediato, arrodillado en medio de la tienda.

La lluvia tamborilea sobre el capó del Mustang, chorrea sobre los cristales, oculta el paisaje, ya no se ve lo de fuera, si bien las imágenes de este álbum –un gran clásico, Cassandra *dixit*– se precisan con nitidez. Durante un rato, Kid y yo hemos vivido en ese libro de fascinantes ilustraciones; los paleólogos e ilustradores no han escatimado ningún detalle para impresionarnos: los dinosaurios se mostraban a toda página, inmediatamente míticos, la mayoría pavorosos, representados en un trenzado de sabias anotaciones y originales escenarios, la Tierra todavía no poblada por los humanos, por supuesto, pero los dinosaurios entremezclados en las mismas hojas sin plantearse su coexistencia –un Tiranosaurio rex de ojos rojos mordía, sanguinario, a un diplodocus que había vivido sesenta millones de años atrás–. Todas las noches pasábamos revista a las hipótesis que aclaraban la extinción de los dinosaurios, y si bien Kid defendía la más espectacular, el gran boom, la caída de un asteroide hace sesenta y cinco millones de años, si se deleitaba con su impacto catastrófico, los seísmos, los maremotos, los huracanes que había provocado, si se apasionaba con la idea de que una nube de partículas causadas por el impacto había sumido el planeta en la oscuridad y provocado un invierno nuclear fatal para los dinosaurios, yo reiteraba otra teoría, ambigua y trágica, la del callejón sin salida evolutivo, la senescencia de la especie durante el Cretácico, los dinosaurios aquejados de gigantismo y provistos súbitamente de estructuras anatómicas absurdas, ahora pesados y lentos, incapaces de rivalizar con los demás mamíferos, balanceaban la cabeza sacudiendo collarines inútiles, combándose bajo el peso de unos cuernos aberrantes, viejas glorias melancólicas que terminaron desplomándose en el lecho del río, al poco arrastradas entre los guijarros. Sam, que aparecía al caer la noche, nos encontraba tumbados en el parqué con el gran libro abierto, Kid abrazando a Dino, y yo en su cuello, la nariz pegada a las imágenes, angustiado ante la idea de que las especies que no se adaptan desaparezcan indefectiblemente.

Ha dejado de llover, el coche gotea, el bosque chorrea, todo está cambiado fuera. Enciendo el motor. El Triceratops Trailhead se aleja unos metros más allá y va a perderse en una zona en la que los paleontólogos han descubierto fósiles, huellas. Kid, por supuesto, se pregunta si esas criaturas podrían regresar a la Tierra y si sería posible convivir con ellas de manera pacífica, hacerse aliados suyos y por qué no amigos. Ante *E.T.*, que vimos pegados los tres una tarde de domingo, contiene el aliento, cautivado por el encuentro de Elliot, el niño de la película, con el pequeño dinosaurio intergaláctico perdido en ese suburbio estadounidense parecido al nuestro, encantado por la bondad genial del extraterrestre pero indignado con la cruel estupidez de los adultos, llora, y Sam le acaricia dulcemente el brazo cuando yo rompo a llorar en el instante en que el largo dedo verdoso de la criatura señala la bóveda celeste y su voz inimitable pide llamar a su casa. *Phone home.* Añora su país, susurra Sam, sus ojos lentos clavados en los míos, y pronuncia la palabra «añorar» como quien lanza un anzuelo, yo no añoro mi país, me habría gustado contestarle mientras Elliot se eleva ante la luna amarilla, enorme en el cielo hollywoodiense, con un dinosaurio en la cesta de la bicicleta, solo que lo que yo vivo aquí ha vuelto irreconocible cuanto creía conocer.

El paisaje se tambalea, el cielo pasa por encima de la línea de cresta de las Rocosas, irrumpe de oeste a este para expandirse por encima de la llanura, ocupar todo el espacio. La parte posterior del Safeway, el supermercado local, aparece a mi izquierda, largo muro de ladrillos naranjas, visible entre los árboles –Safeway, el «camino seguro», los carritos repletos de chips sabor vinagreta y patatas seleccionadas, los vendedores inclinados que articulan *how are you today?*, los guisantes verde fluorescente y la leche azulada, las canciones populares difundidas en las secciones sembradas de serrín, los decorados de Navidad que sustituyen a las calabazas de Halloween; Safeway, el camino apacible, controlado–. La gasolinera está al otro lado, y voy a llenar el depósito.

Esta mañana, Sam y yo nos hemos planteado el futuro del Mustang, y la idea de llevarlo a Francia dentro de un mes, la idea de hacerlo cruzar el Atlántico en carguero para utilizarlo allá, no ha prosperado mucho –coste disuasivo, consumo demasiado alto, pero sobre todo un coche disparatado allí, ruidoso, disonante incluso, improcedente–. Lo venderemos antes de marcharnos. Sam se ha levantado, se ha frotado las manos y ha proseguido, vale, asunto zanjado, no se hable más, para luego decretar: será un recuerdo. La luz de la mañana le bañaba la cara, orientada hacia la ventana, y no daba muestra alguna de amargura. Era un recuerdo.

Aminoro la marcha en el cruce, pongo el intermitente para doblar a la izquierda, marco un stop, pasan un Dodge y una camioneta roja, espero, me sobra tiempo, pienso en Kid, que anoche farfullaba en inglés, concentrado, la bañera llena de figuritas de plástico, cowboys e indios multicolores desperdigados en el agua, y cuando hay vía libre, aprieto el acelerador, el motor responde, giro el volante en la calle que desciende al Safeway. Es tan sencillo, tan fácil, y la circulación tan tranquila a esas horas, ni un atasco, ni un solo obstáculo, nada que pueda perturbar mi campo de visión –pero tal vez estoy demasiado segura de mí misma en este instante, o en otro lugar, erguida en mi soledad, en la que brota ahora algo frágil, algo que me pertenece y que protejo como se protege un secreto–, sin embargo, dosifico mal la presión de mi pie en el pedal y acciono el volante con excesiva dureza, de tal modo que el Mustang rebota, un sobresalto, mi cabeza bascula hacia delante y luego hacia atrás, mi cuerpo se contrae, mis manos se crispan, no acierto a enderezar mi trayectoria, que se desvía indefectiblemente a la fila de la izquierda y corta el paso a los que suben en sentido inverso sin reparar en nada –es un primer martes de diciembre, un día corriente a mediados de los años noventa, empieza a nevar allá, debajo de las colinas, los primeros copos se depositan lentamente en la gran pradera que los hombres blancos arrebataron a los indios de las Llanuras, esa pradera donde humea la fábrica de cerveza americana y que Martina recorre en su Honda, incansable, el revólver en la guantera y las bolsas de ropa blanca arrugada en el asiento trasero–. ¡Baong! Un ruido débil y apagado estalla en el habitáculo, he colisionado con la parte delantera de un Buick caramelo que se desequilibra brutalmente con un largo bocinazo, con un quejido, y en ese bandazo ultrarrápido, aíslo, como en un fotograma de película, la larga faz lívida y patidifusa del profesor de *microeconomics* del departamento de Sam, un tipo austero y colérico, y ahora mis pies enloquecen, aplasto el pedal del freno, tengo que frenar, tengo que situarme a toda costa en el arcén de la carretera y ponerme delante del economista en el Buick, pero realizo el movimiento inverso, acelero todavía más, todo va muy rápido, la carretera va muy rápida, me precipito en un ribazo, circulo por la hierba, el ruido del coche cambia, súbitamente ahogado, la realidad se embala, está fuera de control, planeo.

El Mustang cae de morros, siento que yo basculo también. La onda del choque sigue espesando el espacio, concluye el accidente, la chapa machacada a cámara lenta, la materia deformada para siempre. El silencio cruje en la cabina. Algo irreversible ha sucedido.

Una voz de hombre, lejana, *are you ok?* Golpes contra la portezuela. Respiro, estoy salvada. Abro los ojos, muevo un brazo. *Dont' move!* El parking está más abajo, el Mustang plantado en equilibrio sobre dos vehículos juntos y que no pedían nada. Los polis están ya ahí, cuatro o cinco, y entre ellos el sheriff con su estrella –no es un sueño–, avanza hacia los demás, embutido en una chaqueta de piel, los zapatos puntiagudos, azorado, y pregunta con tono más alto, la cabeza alzada hacia mí: *who are you?* Me muevo en el asiento, el Mustang se mueve. Suenan gritos más abajo, *no! no!* Consigo abrir la portezuela, que se despega con un estrépito metálico y cuelga en el vacío. Un poli se acerca, me tiende los brazos para que pueda bajar –como si tuviera que desmontar a un caballo–, me coge por la cintura y me deposita en el suelo. *Everything is fine, young lady?* Salgo en medio de los faros giratorios y las sirenas, entre esas voces americanas que se oyen en los walkies-talkies de los años ochenta. Una cascada de cine. Doy unos pasos por el parking. Se apartan a mi paso, me observan como a un animal raro –soy el ratón verde–. No puedo hablar, tengo la mandíbula paralizada. Unos testigos reproducen la escena a los polis estupefactos, hacen grandes gestos mirando al cielo, los oigo gritar: *out of control, crazy girl.* Nadie entiende nada. Tengo que avisar a Sam.

Conforme va extendiéndose el rumor del accidente, acude gente en torno al Mustang, se alinean con los brazos cruzados y se palmean los hombros torciendo el gesto, *a fucking beautiful car*; algunos me observan con mala cara. Los que salen del Safeway empujando sus carritos redondean los ojos estúpidamente, tapándose la boca con la mano, *oh my gosh*, y a veces se detienen esperando lo que va a seguir. Una mujer, el carrito atiborrado de alimentos, habla con un policía que me señala, vuelve la cabeza hacia mí y nuestras miradas se cruzan: uno de los coches que ha quedado bajo el mío es el suyo. Un tipo abre la puerta trasera de una ambulancia y arrastra hacia mí una litera con ruedas, que no, si estoy bien, indemne, ni un arañazo, ni un solo morado –si tuviera la cara ensangrentada, todo habría sido diferente, mi apuro y mi vergüenza menos grandes–. Me invade el frío. Me gustaría desaparecer como los que no se han adaptado.

Será un recuerdo. Me vuelve esa frase, circular y predictiva, mientras observo las pinzas de la grúa, que se disponen a levantar el Mustang por el techo. Entonces veo a Sam, que corre derecho hacia mí a través del parking, zigzaguea entre los vehículos, los mirones y los carritos, la trayectoria ajena a cuanto parpadea y ruge, a quienes lo saludan, lo siento tío, y a la delicada operación que se ejecuta a unos metros, el coche desfigurado, irreconocible, suspendido en el aire. Está ahí, jadeante, me estrecha, largo rato, me aprieta en su cazadora, me acaricia la cabeza, y rompo a llorar contra su jersey mientras me murmura: joder, la que has armado. Luego gira los ojos, la cara poco a poco deformada por el miedo retroactivo que origina la asimetría entre las huellas del choque que descubre en el coche y mi cuerpo intacto. Espérame, ahora vuelvo.

Estoy tumbada en la hierba, los brazos en cruz, los ojos mirando al cielo. Dentro de poco me interrogarán, voy a tener que ordenar los hechos, que describir lo sucedido, que contarlo. Nieva ahora, gruesos copos remolinean silenciosamente en la atmósfera, agitándose al menor soplo de viento, los primeros tan frágiles, tan delicados, que se evaporan nada más caer sobre el pavimento. Todo quedará cubierto enseguida. Me acuerdo de que Dino sigue en el Mustang, al igual que el pequeño cartón en el que he envuelto con plástico de burbujas un bol que había hecho allí.

La clase de alfarería acababa por la noche y al final he ido: me gustaba salir por la noche mientras Sam y Kid construían puentes de Kapla sobre la alfombra del salón, y conducir de noche, oír el río desde el parking del Recreation Center, entrar en el sosiego del taller, sentir el olor de la tierra y del agua, concentrarme, intentarlo, fracasar, y eso me hacía alimentar el sueño de fabricar algún día un bol, un simple bol, en el que pudiera guardar lo que he recolectado en este país, y llevármelo a mi casa.

Nevermore

He cerrado una tras otra las puertas, he entrado en el estudio, unos rayos de luz me han dejado deslumbrada: el micro, un Neumann U87 Ai con condensador aislado en la rejilla de una suspensión metálica, me esperaba, erguido sobre un trípode cual una cobra real.

Penumbra fibrosa, techo negro perforado por puntos luminosos, paredes tapizadas con una espuma de insonorización de relieve alveolar, la cabina se asemeja a una carlinga: sillón de oficina, mesa revestida de melamina negra, lamparilla enfocada a unas hojas impresas, y ese vaso de agua totalmente inmóvil –una naturaleza muerta holandesa–. En ese cubículo de la planta baja al que la leve presión acústica confiere una atmósfera de interioridad a la par mate y profunda, he advertido de inmediato que accedía a un centro, el mío, y he tomado posesión del lugar estirando el tiempo, remedando la profesional que tal vez llegue a ser. Me he sentado a la mesa como si fuera la última pieza de un puzle en tres dimensiones, he plantado bien los pies y me he hecho una cola de caballo antes de embutirme el casco; luego me he arremangado el jersey –los bultitos de mis muñecas han relucido como huesecillos de mármol–. A continuación, me he templado la voz como una estrella del conservatorio: vocalizaciones rápidas rematadas con escalas, ejercicios para evitar las microtensiones en torno a la mandíbula, quiebros, «bes» y «pes» para relajar los labios y la lengua –dominar la más leve agitación de mi cuerpo, instaurar calma como un trono–. Estoy lista.

Al otro lado de la pared de vidrio, las hermanas Klang aplastan sus pitillos, de pie ante las consolas. Luego cae una voz en mi casco, tuteando: di algo, ajustamos el sonido, la primera estrofa del poema, por ejemplo. He deslizado el texto ante mí en la mesa y he comenzado a leer. *Una vez, al filo de una lúgubre medianoche, mientras débil y cansado, en tristes reflexiones embebido, inclinado sobre un viejo y raro libro de olvidada ciencia, cabeceando, casi dormido*, eché una mirada hacia la cabina donde, encaramada a un taburete, una de las hermanas trazaba con el dedo índice pequeñas rotaciones en el aire, círculos que significaban sigue, sigue, de manera que continué, *oyose de súbito un leve golpe, como si suavemente tocaran, tocaran a la puerta de mi cuarto. «Es –dije musitando– un visitante tocando quedo a la puerta de mi cuarto. Eso es todo, y nada más.»*[1]

1. El texto es el inicio de «El cuervo», de Edgar Allan Poe, que damos aquí traducido por Julio Cortázar. *(N. del T.)*

Bien, gracias. Inclinadas sobre unas hojas tachadas con Stabilo, las dos mujeres conversan ahora en voz baja, tan cercanas, tan atentas la una a la otra que el verbo «concertarse» parece haberse creado para ellas, de físico por lo demás similar, ambas sin edad, largas y flacas, pantalones de franela inglesa y deportivas blancas, pelo de alambre, gorra de los Giants de San Francisco una y la otra esa pequeña agenda Rhodia de tapa naranja que lleva sobre el pecho como el médico su estetoscopio. Las hermanas Klang. Inge y Sylvia.

Hace diez días, el tintineo cristalino de un SMS confirmó esa sesión, y me planté en medio de la rue Blanche, delante del conservatorio, antes de aceptar una propuesta, aun a sabiendas de que no iba a sacar un céntimo: la grabación no estaría remunerada en modo alguno, solo los derechos de difusión serían objeto de una carta de acuerdo que imaginaba redactada de cualquier manera. Pero las Klang, ¡guau, qué bien! Tándem de leyenda, catálogo culto. Una obra monumental que se planteaba restituir a la literatura su parte oral, materializada, conferir a cada texto una voz que sea la propia, una voz exacta y única, una voz insustituible, de modo que nunca grababan dos veces con la misma persona: a nosotras lo que nos interesa es la voz, alertaban, arrogantes, pero todavía más la escucha que recibe, y se frotaban suavemente la pulpa de los dedos ante los oídos.

Dicen que las Klang perciben las voces como el oro de los ríos, sin pensárselo dos veces, se sumergen en el corazón de las multitudes y cazan furtivamente en los márgenes, organizan un domingo al mes audiciones ya míticas en las que se apretujan profesionales de la postsincronización, alumnos de los conservatorios, y llegado el mes de abril parten para su «gran colecta», circulan durante varias semanas con un combi Volkswagen convertido en estudio que las conduce ante los liceos, tras los mataderos, las salas de audiencias y los escenarios de los teatros, a lo largo de las playas y de los mercados, las cercanías de los estadios y de los hospitales, y en el fondo de los puertos y de las iglesias –y también están al quite en los vestuarios de las piscinas municipales donde nadan su kilómetro diario, pies contra cabeza en la misma calle–. Cuentan que se comprenden en un santiamén y que, cuando interceptan una voz deseable, maniobran para grabarla en el acto, llevársela a la camioneta, son francas y decididas, corteses pero rapaces, y merece la pena ver entonces la cara de la elegida, estupefacta, pensando que es una broma, una cámara oculta, recelosa en el instante de subir a la camioneta para bajar una hora después, agraciada con una copia de la grabación en USB –un poema de Laforgue, el prospecto técnico de un aspirador Dyson o el discurso de investidura de Obama–. La llamaremos; y a veces, en efecto, llaman.

Una vez de vuelta en su casa-estudio del distrito XIV, al parecer las Klang escuchan con cascos a sus presas durante días enteros. Las voces calan en ellas mientras llenan de notas los libros que les gustan, luego introducen las tesituras en una base de datos según palabras-clave que en ocasiones se acumulan, y cuya lista podría confundir a los mejores agentes de la inteligencia británica –tal vez vocablos como: escote, revolución, miope o purito–. A continuación, recogidas en esa extraordinaria paleta vocal, las voces se metamorfosean: al poco no tienen ni género ni edad –si bien las hermanas Klang recelan aun así de las voces infantiles–, no son ya voces de oficios o saberes, ni siquiera voces sociales o geométricas, sino que se trocan en puras materias acústicas: son bajas o agudas, claras u oscuras, guturales o límpidas, granulosas o silbantes, marmóreas o porosas, etéreas, nasales, son roncas, cascadas, profundas o envolventes, son vivas, aflautadas, lejanas.

Oída por primera vez mientras las Klang merodeaban una mañana entre los castaños plantados ante el conservatorio, mi voz, etiquetada más adelante como *canoa clara sobre océano oscuro*, quedó así asociada a mi número de móvil en la agenda Rhodia de Sylvia mientras Inge me hacía leer un artículo sobre la reforma de la política agrícola común recién salido de su bolso. A mí me inspiraba curiosidad ir a grabar en casa de ellas, entrar en su laboratorio, y sobre todo pensé que sería una oportunidad de oír mi propia voz, de obtener una captación suya –a pesar de oírla en mi contestador, preferí remitirme al servidor local.

Cuando llamé la víspera de la grabación para pedir que me mandaran el texto, a fin de prepararme un poco, de detectar las zonas inestables, las lagunas, las posibles tomas de velocidad, una de las dos Klang me puso en mi sitio: lo descubrirá al leerlo, se sorprenderá a sí misma, es la única manera de conectar con ese material vivo que es la lengua. En el momento, aquello me pareció genial –unas palabras de artista, de auténtica artista–.

Pero los primeros versos y el repaso visual de las hojas en la mesa del estudio me ofuscaron. «El cuervo» de Edgar Allan Poe. Nunca había leído aquello. Dieciocho estrofas. Y traducidas por Baudelaire. ¿O sea que me habían llamado para ese poema? Inge (gorra) lanzó la toma: adelante, ningún efecto, cuélate en el texto como por una ventana entreabierta, date tiempo para instalar la penumbra, los crujidos del suelo, el fuego moribundo, la soledad. Asentí, pero de pronto, el micro amplificando mi audacia, pregunté: el narrador del poema es un hombre, ¿no? Sylvia (Rhodia), sorprendida, soltó un silbido feral: la poesía no conoce género.

Leí dos versos y Sylvia me interrumpió, cortante, para pedir más rapidez –evita ser solemne–. Flujo de silencio, conté tres segundos para mis adentros, y *go. Angustia del deseo del nuevo día, en vano encareciendo a mis libros dieran tregua a mi dolor*, pero sin duda ataqué demasiado fuerte porque desde la primera estrofa tropecé con mi nombre de pila, o mejor dicho con un nombre tan similar al mío que pensé que era un gazapo: *dolor por la pérdida de Lénore.* Estupefacta, me volví hacia la cabina. Voz de Sylvia, almibarada: Léonore, es una coincidencia, nada más. Sigamos.

Entonces, ajusté la distancia entre mi boca y el micro, que miré como un amigo, un amigo duro, de los que no te dejan pasar una pero te prestan una atención única, luego me encajé bien el casco y volví al principio, tranquila, sentía adaptarse mi aliento al poema y que los rostros de Inge y Sylvia se dilataban escuchando al otro lado del cristal, sorprendidos. Leí sobria y sin teatro, descubría la geometría interna del texto, circulaba por el interior, y todavía ignoro lo que quebró mi cadencia, por qué patiné de súbito en el instante de articular: *Cuánto me asombró que pájaro tan desgarbado pudiera hablar tan claramente; aunque poco significaba su respuesta. Poco pertinente era.* Inge se revolvió en su silla y Sylvia tuvo que gritar: *Scheisse!*

No dije nada, pero recordé que el cuervo puede aprender a hablar, a imitar la voz humana, el grito de un lobo, el canto de un mirlo, el motor de un coche y aun el llanto de un niño. Bebe un poco, dijo Inge. No bebes suficiente. Volvemos. ¿Al principio? Me vi en el cristal como en un espejo, lívida, ojeras, la frente aceitosa, y mi cabello pelirrojo había cobrado reflejos de mandarina. Sylvia se mostró intratable: vuelve al primer verso, vete al principio.

Me dije: quieren el texto en bloque, un plano secuencia vocal, puro, sin montaje, han elegido tu voz y les sobra tiempo. De pronto me sentí presa en aquella carlinga, tenía ganas de largarme de allí, dejar plantadas a aquellas dos locas y a su dichoso cuervo. Volví al principio, pero los versos del poema se desarticulaban en mi boca. Y cuanto más volvía a empezar, menos acertaba a leerlos, incapaz de rebasar las primeras estrofas, crispada, mientras crecía la tensión al otro lado del cristal. Tras un instante abortado, Inge dijo hacemos una pausa, y transcurrido un instante, una neverita al fondo de la estancia regurgitó dos frascos de vodka que las hermanas abrieron como botellas de jarabe y se bebieron a morro.

Me masajeé el cuello, y para relajarme pensé en el proceso que convirtió el aliento en voz articulada, hace miles de años: visualicé la laringe baja en mi garganta y mis cuerdas vocales, esos dos plieguecillos vibrando el uno contra el otro a toda velocidad al paso del aire insuflado desde los pulmones, imaginé los alvéolos, los bronquios, la tráquea, luego la bóveda palatina, los dientes, los labios, y descompuse la transformación de esas vibraciones en una voz humana, esa voz de la que el micro restituye ahora la menor oclusión, la menor fibrilación, la menor pelusilla, esa voz que pronuncia en este instante: *De un golpe abrí la puerta y, con suave batir de alas, entró un majestuoso cuervo de los santos días idos. Sin asomos de reverencia, ni un instante quedó; y con aires de gran señor o de gran dama fue a posarse en el busto de Palas, sobre el dintel de mi puerta. Posado, inmóvil, y nada más.* Entonces, comencé de nuevo a leer, pero no era mi voz, era la voz de una desconocida, era la voz de otra, leía el poema y sentía las plumas del cuervo que me rozaban ahora, cosquilleaban mi cráneo, acariciaban mi frente, y sus patas posadas sobre mi hombro como sobre una percha, mientras las estrofas voceaban en el micro unas tras otras, *Nevermore! Nevermore!* Leí en un soplo, sonambúlica y perfectamente orientada, como si corriese delante del poema, y al poco, la ecolalia descomponiendo el lenguaje, leí como si tuviese miedo, un miedo arcaico, proveniente de aquella edad de las cavernas en que se había formado el oído humano.

Entonces, el silencio endureció el espacio. Me eché hacia atrás en el sillón, agotada, y así un faldón de la camisa para restregarme las diminutas gotas de sudor que habían espumado a lo largo de mis sienes, en mi frente y las aletas de la nariz. Un segundo después, Inge irrumpió en una estela de cigarrillos y de pelos secos, y lanzó hacia el micro unos brazos como jarcias: hay algo que chirría, hay un ruido. Me estremecí, al quite. Un rayón, un problema, reiterado, pero tan solo audible en las altas frecuencias, había alterado la toma. Inge sacó el micro de su rejilla, lo estrujó furiosamente, lo desmontó, lo estudió y procedió a realizar comprobaciones con su hermana, que seguía junto a la cabina, apostada ante la pantalla en la que mi voz se trocaba en bastoncillos fluorescentes. ¿Puedes leer un verso? Releí: *En esto cavilaba, sentado, sin pronunciar palabra, frente al ave cuyos ojos, como tizones encendidos, quemaban hasta el fondo de mi pecho*. Más. Más. Más. Empieza otra vez. Sylvia tras el cristal se puso a sacudir la cabeza, es la voz, gritó, es la voz la que lo jode en algún sitio.

Fumo, sentada en una silla baja de cuero negro, las manos replegadas bajo las posaderas. La cabina, a ese lado del cristal, se asemeja a la pasarela de una nave espacial, las consolas parpadean y las pantallas encendidas enmarcan unas formas caleidoscópicas que te dejan mareada. Los pitillos son pésimos para las cuerdas vocales, ya lo sabes, me dice Inge acercándome su paquete –Lucky–. Todo está tranquilo, nos tomamos unos vodkas en silencio. Súbitamente, Sylvia se levanta para repasar el sonagrama: el trazado espectral de mi voz ondula en olas conforme desfila la grabación, línea naranja fluorescente sobre fondo negro, y como una señal, un pico reaparece a intervalos regulares, visible en los agudos. Es una lesión antigua –Sylvia habla vuelta hacia el ordenador, sin que pueda discernirse si se dirige a los demás o deja oír su voz interior, lo que piensa en voz alta–. Luego declara, el iris apenas visible bajo los párpados arrugados como viejos estores: esa disfonía no existe en las primeras tomas. Inge lanza un anillo de humo hacia el techo: es un antiguo forzamiento vocal, un viejo hematoma, la huella de un accidente. Me atraganto. ¿Esa historia del cuervo te ha recordado algo? Sylvia me mira en la penumbra; luego declara, apagando el ordenador: es una buena toma, la conservaremos. Me embuto el abrigo, me anudo el fular y, mientras me interno en la escalera de caracol que me conduce a la superficie del mundo, una de las dos hermanas dice a mi espalda, creo que Sylvia: son las doce de la noche, hace frío, no vuelvas tarde.

Fuera es invierno. Subo por el callejón hacia la plaza Denfert, y todo a mi alrededor parece a la vez más nítido, más real. De repente, me quedo paralizada: a unos metros, posado en un muro de piedra, inmóvil, un cuervo espera. Es de un negro azulado, poderoso, el pico largo y afilado, me escruta con su mirada intensa, brillante de curiosidad. Me acerco, casi con vértigo, maravillada, sin duda un poco ebria, alargo la mano hacia él y deslizo los dedos entre sus plumas: está caliente y lleno de vida. ¿Eres tú el cuervo digno de los antiguos tiempos?, le susurro. Asiente con un movimiento de cabeza y emite un extraño sonido, un r a a a k profundo. Le veo un aire amistoso y sagaz. Entonces, como para saludar nuestro primer encuentro, ha abierto las alas –por lo menos un metro de envergadura–, ha despegado con majestad, y el aire batido de la noche se ha mezclado con el frío de diciembre.

Un ave ligera

Hacia el final de la cena, las frases comenzaron a percutir como piedras en los platos y los miles de chasquidos infrasonoros que producen dos personas cenando en la cocina de un piso antiguo –raspar de cubiertos contra la loza, crujir de sillas de paja, gluglú del agua vertida en los vasos, ruidos de los cuerpos– fueron invadiendo la estancia. Esos cambios de tonalidad acústica anunciaban que Lise se disponía a evocar a su madre y por instinto me retraje. De hecho, la vi depositar calmosamente sus cubiertos, restregarse los labios, inclinarse hacia delante y tender hacia mí su rostro transformado por la luz indirecta del foco y acaso también por la cara de Rose, a quien se parecía de modo turbador aunque fugaz. Captó mi mirada con tal intensidad que me fue imposible esquivarla. Papá –percibí la febrilidad de su voz, controlada pero audible, y el exceso de solemnidad que señala la inminencia de una declaración–, papá, me gustaría que borrases la voz de mamá del contestador del teléfono.

Una corriente de aire helado pasó ante mí y me eché contra el respaldo de la silla. Durante unos segundos, me sentí como un hombre de pie en un río helado que de súbito cruje y se resquebraja, las líneas de fractura disgregándose a toda velocidad a mi alrededor, escapando hasta perderse de vista. Los ojos de Lise no se despegaban de mí mientras el silencio ascendía entre nosotros, cada vez más espeso, vehemente. Entonces posó su mano sobre la mía y repitió lentamente: por favor, hazlo, acaba con eso. Tras lo cual, se levantó para despejar la mesa y me dio la espalda, las manos plantadas *ipso facto* en el fregadero, dándome a entender de ese modo que tanto la cena como la conversación habían terminado. *Over.*

Pero yo no había terminado con ella, ni con la voz de su madre, esa voz que se oye efectivamente en el contestador del teléfono del piso, por más que su madre haya muerto hoy hace cinco años, un mes y veintisiete días. Por ello, buscando apoyo en la mesa, me levanté a mi vez y grité ¡no! –un no redondo y claro, tan denso y sordo como un perdigonazo disparado con una escopeta en una barraca de feria–. Lise se sobresaltó y emitió un sonido agudo, incontrolable, los cubiertos que soltó rebotaron en el suelo con un estruendo metálico, luego se aferró al fregadero, la cabeza inclinada entre los hombros, el cuello tenso, los omóplatos salientes bajo el jersey de color pastel. Jadeaba, podía verla reflejada en la ventana convertida en espejo en la noche, párpados cerrados, boca abierta, las comisuras de sus labios temblando de ira: mi hija cariñosa y juiciosa, mi hija dura.

No era la primera vez que me lo pedía, ni era ella la única en pedírmelo, otros solían andarse con rodeos, acabando por confesar que les parecía «inquietante» oír la voz de Rose en el contestador –«inquietante», eufemismo retorcido; «indecente» o «morboso», habrían sido según ellos términos más apropiados, pero no se atrevían a pronunciarlos, convencidos de mirar así por mí, cuando yo desde luego no miraba por ellos, el dolor de la muerte de Rose, prolongado más allá de toda conveniencia, pulverizando los límites que fijaban la norma social y el fárrago psicológico de las revistas que celebraban el bienestar y la salud moral, o sea ese dolor, pero quizá también mi deseo de mantener a Rose en el hueco de mi oído, irreductible, materializada, eso ahora los ofendía. La irrupción de los muertos en el mundo de los vivos deshace el tiempo, revienta las fronteras, el orden natural se trastorna, y la voz grabada de mi mujer ocupaba un importante lugar en esa confusión. Por más que yo defendía mi soberanía sobre el viejo contestador de mi domicilio, la intimidad de mi relación con ella, con su muerte, con su voz, Lise no cesaba de replicarme que mi contestador era un espacio abierto a todos, un intermediario social. ¿Pero no ves que todo el mundo te toma por loco?, murmuró desde el fondo de un pozo de tristeza, y cuando al final dio media vuelta, su rostro estaba tan cercano al mío que podía verme en sus iris bañados en lágrimas.

Hola, estáis en nuestra casa pero nosotros no; dejadnos un mensaje y os contestaremos. Cual ave ligera, la voz de

Rose transitó por la estancia oscura, rozó las paredes, las ventanas, los estantes, se expandió en el espacio, conservando al final suficiente energía para producir una extraña vibración, como si se alejara sin apagarse, como si se difuminase, pero sin desaparecer del todo –permanencia misteriosa del *fading*.

Lise y yo nos retiramos al salón apagado, como dos ciegos en una canoa, remando a contracorriente. Sentada en el suelo con las piernas cruzadas, Lise esperó el final del mensaje, la cabeza echada hacia atrás, los ojos mirando al techo. Es la primera voz que yo oí, dijo, muy tranquila, como si pronunciase esas palabras desde las profundidades de un sueño, la reconocía antes de nacer, la distingo entre mil otras. Yo me aferraba a los brazos del sillón, tenso en la escucha, Lise se llevó una mano a la sien y, con la mirada orientada hacia el suelo, articuló: la tengo en el oído, esa voz, nunca me ha abandonado, nunca se ha borrado, y no me da miedo perderla: es la suya. En ese instante, los faros de un coche que salía del parking del edificio alumbraron la estancia con una luz muy amarilla, el techo pareció redondearse como una cúpula, más amplio, más sonoro, y en ese resplandor movedizo vi a mi niña incorporarse, bruscamente llevada de vuelta al dolor, y de golpe hallar el acceso a él; su voz registrada permanecerá siempre presente, pero es otro presente en el que su muerte no se produjo, un presente que no coincide nunca con el de mi vida, y eso me enloquece y me hace daño. Tras un silencio, prosigue, desgarradora: contrariamente a lo que piensas, el toparme con ese mensaje cada vez me aflige más, acabo no llamando a tu casa por el miedo que me da oírlo. Piensa en los demás, bórralo.

Hola, estáis en nuestra casa pero nosotros no; dejadnos un mensaje y os contestaremos. La noche de la muerte de Rose, al volver del hospital, estaba sentado en este mismo sitio, ya en penumbra. Al primer timbrazo, cuando oí esas palabras –«estáis en nuestra casa pero nosotros no»–, me estremecí como si no hubiera oído una verdad tan desnuda en toda la vida: sí, no estábamos, nunca volveríamos a estar, se había acabado. El teléfono sonó hasta entrada la noche, pero no lo descolgué, ni una sola vez: quería volver a oír esa voz única en el mundo, esa voz que contenía a Rose por entero, material pero impalpable, física como solo puede serlo una voz. Pero al rayar el alba, después de tantas llamadas, algo distinto se removía en mi interior: imaginé que la voz de Rose se había esfumado *in extremis* del cuerpo que la albergaba, que había huido antes de convertirse en ese despojo frío cubierto por una sábana rugosa para retornar aquí –¿y que ese «nosotros» perdure?– y continuar, reactivada en cada llamada, en un presente infinito. Su voz le sobrevivía bajo una forma grabada, ingastable, bajo la forma de un ave ligera. Por la mañana me di cuenta de que no existía otra grabación de la voz de Rose, y la conservé.

Hola, estáis en nuestra casa pero nosotros no; dejadnos un mensaje y os contestaremos. Desde las primeras palabras pronunciadas, la escena se impone: víspera del viaje a Grecia, urgencia de un contestador en marcha, Rose con vaqueros y camiseta a rayas, descalza y con las uñas hechas, gafas redondas y manual de instrucciones abierto sobre las rodillas, siguiendo paso a paso el proceso para grabar el anuncio, intentando algunas fórmulas, lacónicas o ampulosas, y fijando finalmente esa frase de la que conserva la primera toma. Es una voz clara y dorada, una voz de isla griega en junio, una voz dilatada en un soplo: la voz de una mujer a punto de partir.

Sin embargo, no es ese recuerdo el que quiero reavivar cuando llamo a mi casa, a veces desde el otro extremo del mundo, a veces en el corazón de la noche, sencillamente para conectarme durante un instante con esa sonoridad tan real, escucharla acoger los mensajes pronunciando ese «nosotros» inolvidable: eso es lo que contesté a Lise, que esperaba oírme hablar a mí, se había acercado ahora y había colocado la cabeza sobre mis rodillas –su pelo rubio y fino creaba una aureola clara en la oscuridad y su oreja era delicada como el nido de un carbonero–; lo que busco, le dije, esforzándome yo también en recubrir con palabras sencillas la compleja emoción que me asalta cada vez, lo que busco es la sensación de su presencia: Rose está aquí, simplemente. Por supuesto, sé que esa voz no es Rose, que murió y ya no volverá, pero es para mí una manifestación de Rose viva, aquel día en que grabó ese mensaje radiante la víspera de marchar de vacaciones.

¿Está la ausencia de Rose demasiado presente en mi vida? ¿Ocupa un lugar demasiado importante? Lise se pregunta a veces en voz alta si la envoltura espectral de la voz de mi mujer no se habrá convertido en una pasión mórbida, sostiene que estoy sometido a su espectro, evoca un rechazo de la realidad, incluso el otro día acabó concluyendo que yo buscaba mantener en vida a los muertos –y me gustó esa expresión, reconozco que es exacta–. Sin embargo, ella sigue llevando las alpargatas de su madre, ese impermeable grisáceo que la hace parecer una pasajera de la noche, sus camisas de hombre, y aun sus guantes, ella es la que escudriña sus huellas. Desde hace algún tiempo, habla de rehacer el último viaje de Rose –que partía sola varias semanas al año con cuaderno, lápices y cámara de fotos–, de tomar los mismos trenes, ir deteniéndose en los mismos sitios, contemplar los mismos paisajes. Acabaré descubriendo mi propia trayectoria, dice. Por más que eso me conmocione, la aliento: esos movimientos, esos actos que siguen tejiendo los vínculos entre vivos y muertos, al margen de los cementerios, al margen de los nichos, al margen de las fechas de cumpleaños y de los marcos que exponen las fotografías de los difuntos en las paredes de las casas, a la vista de todos, esos gestos concretos que requieren izarse a la altura de la ausencia se me antojan siempre más libres y, sobre todo, más analgésicos que la penosa abstracción del luto.

Lise lloró en silencio, largo rato, y yo lloré con ella –mi única hija–. Nunca nos había sucedido, uno de nosotros mantenía siempre los ojos secos, sin duda para guiar mejor al otro. Supe entonces que podía hacerlo: volver a ordenar el tiempo. Que había llegado el momento de reconfortar a mi hija, siendo otra vez el que ya no puede volver a parecer un loco. Todo fue muy deprisa: me levanté de un brinco y me encaminé hacia el contestador, brazos e índice extendidos, a punto de pulsar el botón rojo, dispuesto a borrar la cinta con una sola presión, pero en ese instante, pillada por sorpresa, Lise gritó: ¡espera! Su voz me atrapó *just in time* y vi agitarse su silueta oscura en la oscuridad, a toda prisa: cogió mi teléfono móvil del escritorio, marcó el código –la fecha de nacimiento de Rose–, encendió el dictáfono, puso en marcha el contestador, y la voz de Rose se alzó en la estancia, remolineó de nuevo a lo largo de las molduras, a ras de suelo, delante de las ventanas, se cernió largo rato, y Lise la grabó –pasando del contestador a la memoria de mi teléfono, esa voz se convertía en un archivo–. Tras lo cual hizo exactamente lo mismo con su móvil: es para mí, murmuró, concentrada, los iris espejeando en sus párpados de bronce.

Un instante después, en mi oído, la grabación de la voz de Rose, esa doble captura, había pasado a ser algo muy distinto: una mujer a punto de irse anunciaba nuestra ausencia, transmitía su vibración lejana desde ese salón nocturno en el que Lise y yo habíamos hablado y llorado juntos. Puedes borrar el contestador –me miraba en la oscuridad, el teléfono pegado al plexo solar–. Pulsé el botón rojo y liberé al ave ligera.

After

Esa chapa de cerveza que rueda en mi boca, esa corona de metal chafada, deformada por una dentellada, su borde dentado, el anverso pulido, esmaltado bajo mi lengua, el reverso rasposo, y esa manera que tiene de prolongar su sabor a moneda tibia, de hacer durar bajo mis labios sus aromas a heno y a lúpulo, de recordar el amargor, esa moneda de oro Heineken acuñada con una estrella roja que bailotea contra mis dientes y que pego bajo mi paladar como una hostia clandestina, es mediodía, la pradera cruje, reina un gran silencio, surcan el cielo los fotometeoros, arrastro conmigo una gran bolsa de basura de plástico negro, y delante de mí, la hierba aplastada, pisoteada, abre una superficie más clara en la cubierta vegetal, una vasta hondonada donde las piedras que esta noche circundaban nuestro hogar están todavía calientes.

Esto está asqueroso. Bolsas de patatas destripadas, cascos de cerveza y briks de zumo, cartones de pizza manchados de grasa y de queso fundido, rajas de melón, huesos de cereza, cantidad de colillas, malvaviscos tirados en el polvo, un elástico rosa, una camiseta enrollada que apesta a vómito, paquetes de tabaco vacíos, guijarros calcinados y ese grueso montón de cenizas, esponjoso, grisáceo, cubierto de virutas de carbón. La noche pasada éramos unos quince aquí revolcándonos en la hierba, bailando alrededor del fuego, bebiendo y fumando; algunos hicieron de astrónomos y nombraron las estrellas siguiendo con el dedo índice el trazado de las constelaciones mientras otros se magreaban tranquilamente, cantamos sin recato, pero sobre todo gritamos, unos gritos que no se asemejaban a los que dábamos en los conciertos en verano en la feria, a los soltados en las tribunas de los estadios los días de partido o en los autocares de regreso las tardes de victoria, unos gritos que no intentaban hacer frente común, juntar una masa compacta que ocupara el espacio, afirmase su potencia, ni tampoco tenían nada que ver con gritos de alegría –de eso estoy segura: estábamos aliviados, desconsolados, devorados por el canguelo, pero alegres no estábamos.

Ayer, los resultados del examen de final de bachillerato. Las listas colgadas en el patio cubierto al final de la mañana, y los primeros gritos que suenan –chillidos excitados, agudos, impacientes–, aquellos que se precipitan y aquellos que permanecen detrás, se demoran acabándose un cigarrillo ostensible –¿es posible que les importe un pepino lo que se les viene encima: ir a parar a ese gran instituto de provincias o continuar en otro?, ¿es posible que estén ahí fumando sin tragarse el humo, tan tranquilos?–, y yo metida en todo esto, atrapada en la estampida, muy pronto aplastada contra las listas, sin aliento, la nariz a ras de la hoja, el índice que se desliza por cada línea, los ojos que rebotan de patronímico en patronímico, y de súbito ese extraño berrido que me retuerce la garganta, el barullo que se amplifica, los nombres de pila que se citan, que se repiten más fuerte en los móviles, los padres –las madres– apartados en el parking, esperando al volante de los coches, el alivio, las lágrimas y, transmitida de una a otra boca, la conjugación del verbo aprobar en presente de indicativo –apruebo, apruebas, aprueba, aprobamos, aprobáis, aprueban–, ya que finalmente todo el mundo aprueba, en la pandilla, excepto Max, que lo dejó todo en abril, y Vinz, para quien todo esto es una solemne gilipollez.

He cruzado las rejas del cole y escapado en bicicleta sin volverme, cinco kilómetros por esa carretera más familiar que la voz de mi madre y que de repente se ha esfumado, distante, cual imagen de película bajo un filme transparente: las viejas calles de piedra silenciosas prolongadas con asfalto demasiado negro, los pabellones a la altura del jardín, las fachadas de color salmón, rosa pálido, los tejados delgados, los montones de perpiaños, a veces una piscina hinchable para los niños, dos perros tras la verja, un trío de árboles raquíticos, pero siempre un garaje por el que se entra en la vivienda, luego aparecen los cultivos, maíz y girasol, y cuanto más se aleja uno del pueblo, más ruinas siembra la campiña, garajes abandonados, secaderos de tabaco revestidos de yedra, tractor oxidado de color Coca-

Cola, cisternas devoradas por la flora ruderal, granjas desiertas, casas pobres y desfondadas, chabolas muy reales. Pensé que era la última vez que hacía ese trayecto, que nunca volvería a hacerlo, pero en vez de exultar con la boca abierta, de despegar como un cohete, *bye bye* gente, algo se formaba en el fondo de mi laringe, un obstáculo, una estría –pensé que me había tragado un insecto y aun me detuve para escupir en el arcén de la carretera–. En casa no había nadie, bebí largo rato del grifo, inclinada sobre el fregadero, y luego eché la cabeza hacia atrás para proceder a una serie de gorgoteos. Quería recobrar mi voz clara, esa voz de alumna de instituto que se dispone a marcharse, pero entonces, en vez de salir a la terraza y esperar fumando al sol, el cigarrillo colocado detrás de la oreja, *star* del día, subí a mi habitación, corrí las cortinas y me acosté en la cama en posición fetal, me estremecía, los ojos abiertos, y en la penumbra azulada mi habitación me pareció también extraña, las paredes separadas, lejanas, era la habitación de la muchacha que ya no era, que había dejado de ser, y así, acurrucada, me encontró mi madre a su regreso hacia mediodía: ¿vienes, qué pasa? Me incorporé, contesté que había sufrido un desfallecimiento, el estrés, la presión de los resultados –mentía: estaba segura de haber aprobado el examen de fin de bachillerato–, y bajé.

Estaban allí, los tres, en la cocina, la botella de champán descorchada en la encimera, mi padre, mi madre y mi hermano Abel, que de repente quiso decir algo, brindar por mí, celebrar la ocasión, de modo que nos pusimos tiesos y guardamos silencio, los ojos clavados en él, atentos –mi madre sorprendida pero feliz de que mi hermano hubiese tomado esa iniciativa, se embarcase en una solemne proclamación–, él se colocó, alzó la copa a la altura de la mejilla, y en ese momento reparé en que se había cambiado. Se había embutido una camiseta limpia, trece años convertidos en quince, desgarbado, mofletudo, y esa manera que tenía de sonreír con el rabillo del ojo, feliz de sorprendernos, sentí que me volvía el dolor en la garganta, la emoción creciente, pero entonces, alterado a su vez –consciente ahora de que era cosa hecha, de que yo me iba a marchar–, se quedó bloqueado desde la primera sílaba. Los labios retraídos sobre un sonido que se repetía, reaparecía, insistía, pero no lograba enlazar con los que le seguían, captar la palabra, la frase, la proclamación a la que se había aventurado, el flujo de su palabra, anulado al primer aliento, como si las docenas de sesiones con el ortofonista, la musculación del aparato fonador, los ejercicios respiratorios, como si todo método se hubiera volatilizado, el lenguaje hubiera huido de la boca de mi hermano, y no resonase en la estancia, mi padre cruzado de brazos apretaba su copa contra el pecho, los ojos mirando al suelo, los labios cerrados, luchando sin duda para no poner fin a ese brindis que tendía a frustrarse, porque ante nosotros Abel se había quedado paralizado sin arrancar con su declaración, el sentido de sus palabras, sus propósitos efusivos, todo ello corría adelante, se disparaba hacia mí, mientras que él permanecía distante, y cuanto más intentaba recuperarse, volver a su altura, sincronizar, más percibía yo el caos que ahogaba su paladar, los fonemas catapultados contra sus dientes, replegados unos sobre otros, y formando ahora como un tapón inexpugnable –b, b, bueno, b, bueno–, progresaba tan lentamente en su frase que me volvía loca, y a ratos incluso volvía hacia atrás, taponaba de nuevo esa puta primera sílaba que obstruía el paso, yo lo miraba con todas mis fuerzas, y lo alentaba, moviendo la cabeza, dando como pequeños empujoncitos con el pecho en la atmósfera a cada uno de sus intentos, ya que me parecía golpear un muro para encontrar una puerta, una abertura, su cara gesticulante ahora, deformada, los zigomáticos crispados, tembloroso, las sienes mojadas, y la mirada irritada y tan fija que habría podido desintegrar la vieja jaula de pájaros en su punto de mira –bu, bu, buena suerte a mi que, que, querida hermana–, no aguantaba más, me habría gustado destapar aquella boca, abreviar el calvario de mi hermano, así que entreabrí los labios, los moví para imitar la articulación de la palabra que no salía, muda, pero mi madre, con su sola presencia, la tensión explosiva de su cuerpo, me conminó a parar de inmediato, a cerrar el pico y esperar, puesto que Abel no renunciaba, el champán salpicaba en su copa cada vez que se esforzaba, pero él insistía, y cuando pronunció de una vez la frase entera –buena suerte a mi querida hermana mayor que ha aprobado el examen y se va a marchar a la facultad–, la camisa y los dedos empapados, aturdido, triunfando sobre el lenguaje como sobre una tempestad, apuramos el champán como si tal cosa.

Era aún de día cuando aparecieron en el patio, un coche repleto y unas cuantas bicis conducidas con la cabeza descubierta a la napolitana, amazonas sobre el portaequipajes, no faltaba nadie, la luz era verde, extrañamente oscura, una luminosidad de invernadero tropical, yo llevaba un vestido de algodón rosa de finos tirantes y unas deportivas, el aire era pesado. A los pocos instantes, escoltábamos al coche que salvaba al ralentí el camino y entrábamos en la pradera –más de tres hectáreas de una vez– con nuestro cargamento de leños y botellas, de sacos de dormir y mantas, de patatas fritas y galletas, de sándwiches de pollo, junto con aguardiente fuerte y lo necesario para fumar en un sobre; acto seguido nuestra compañía penetró en el círculo que había segado mi padre para nosotros, unos chicos se ofrecieron para prenderlo, naufragaron unos tras otros, malgastaron las cerillas, uno de ellos me reclamó cubos de parafina, y al final fui yo quien cavó la tierra, colocó en forma de cruz trozos de leños secos, briznas de banastas, ramitas secas, y prendió fuego a la hoguera con el mechero de Vinz.

Contraviniendo a mi madre, que le había pedido que nos dejara en paz, mi padre se pasó sobre las once para ver si todo iba bien. Enhorabuena, laureados. Estrechó la mano de cada uno, felicitó a todos y todas, bromeó con Max, que le ponía buena cara, mientras yo murmuraba entre dientes, vale ya, papá, déjanos, es la noche de final de bachillerato, pero él hacía oídos sordos, comparaba el examen con un rito, acabó sacándole un pitillo a Vinz –anda, pásame un cigarro, tú–, echó unas caladas antes de tirar el filtro al fuego y de perderse en la noche, lanzando al auditorio esta extraña incitación: armad todo el ruido que queráis. Tras lo cual, la música subió de volumen, y nos juntamos todos, aprovechando la postrera ocasión, una última oportunidad, pues al alba nos dispersaríamos, cada cual seguiría su vida. A la luz anaranjada de las llamas, las pieles cobraron un lustre de fruta, algunos chorreaban, otros cantaban en coro, otros liaban porros aprisa y corriendo, y pocos fueron los que no lloraron, con la anilla de lata mal empalmada en los labios. Acto seguido, Vinz, veinte años, el más viejo de la pandilla, lo que le confería prestigio, solicitó la atención general, vaqueros desgarrados en los muslos y camiseta roja, y propuso como juego que cada uno lanzase un grito. ¿Qué desvarío es este? Noëlla frunció el ceño. Por una vez que se nos permite pegar berridos, hay que aprovechar, sostuvo, risueño. Pensé en Abel, a quien tanto había costado su brindis, y no hice caso a Vinz, que contaba a los demás cómo el grito había sido excluido de la sociedad, eliminado de nuestras vidas, relegado en determinados lugares –cuando gritas, caes en tu lado animal, esa es la cuestión, concluyó redondeando los ojos y lanzando unos *hu hu* de primate.

El extraño ritual se puso en práctica cuando el fuego aflojó, erguido en una espiral incandescente de extrema belleza: uno tras otro, fueron separándose en la noche, resurgieron rápidamente hacia las llamas y se inmovilizaron frente a los demás para soltar su alarido –de terror, de excitación, de desespero, de ira, de placer, llamadas, bramidos y vociferaciones–. Intenta lanzar el grito primario, tú, me murmuró Vinz al oído, al tiempo que arrojaba de un papirotazo su colilla al fuego. Lo miré, estupefacta, lo cierto era que se tomaba en serio el juego: haz como al nacer, lanzas un grito potente y, pumba, renaces, súper, se acabó la tristeza. ¡Faltaría más! Cuando me tocó a mí, me interné en las tinieblas, lejos, caminé a través de las poáceas, altas, los surcos abiertos por el paso de los corzos, las bañas donde los jabalíes habían orinado, copulado, donde las jabalinas habían parido, caminé en diagonal hacia la cisterna, el aire tenía una densidad demencial, los insectos se pegaban por decenas a mi piel pringosa, los mosquitos me chupaban la sangre, percibí el pulso de la pradera, su vibración brutal, escuché largo rato, al margen del hombre, lo más cerca de los animales, y cuando volví a la fiesta semejante de lejos a una luz de Bengala, vociferé yo también, grité hasta desplomarme en la hierba, desvanecida.

Parecíais monos, me dijo mi madre por la mañana, mientras hojeaba un ejemplar antiguo del *National Geographic* con su larga mano pensativa, se os oía desde aquí, ¿y sabes una cosa? Parecíais chimpancés. Yo acababa de aparecer en la cocina, afónica al despertar, mis cuerdas vocales habían dejado de moverse, y era ya incapaz de contradecirla como no fuese con un estertor, una mueca escéptica o encogiéndome de hombros. Me senté frente a ella y mientras divagaba de nuevo sobre las páginas descantilladas, anotadas con bolígrafo azul, observé su largo rostro anguloso, expresivo, su cabello amarrado aprisa y corriendo mediante un bolígrafo o un palillo, sus gruesos párpados abombados, y sus pestañas rubias, sedosas. Antes de salir, alcé la cubierta de su revista, segura de descubrir, en el marco amarillo dorado del mensual estadounidense que había debido de consultar cientos de veces, la foto de una joven rubia de unos treinta años, sentada en el follaje entre los primates –Jane Goodall, 1965–. La mujer que habla al oído a los chimpancés. A continuación, mi madre se levantó, imperial con su salto de cama de color parma, y me tendió la bolsa de basura.

Alargo el brazo entre las hierbas calientes que ocultan los desechos, mis dedos forman la pinza primitiva –una pinza recelosa, vagamente asqueada–, la pradera zumba, un olor acre emana del suelo, mareante, una humedad de jergón cocido. Recojo las cerillas carbonizadas y las horquillas, un pendiente, una funda de almohada, un prospecto para alquilar canoas en el río, un cuchillo roto y un blíster de píldoras anticonceptivas, una piel de plátano, una funda de móvil, carcasas de pollo, tan perfectamente roídas que parecen regurgitadas por la boca de un zorro. Un crujido seco a lo lejos en los ramajes, alzo la cabeza, un gavilán surgido del bosque escapa al cielo en vuelo ascensional e instintivamente me vuelvo hacia la cisterna en el ángulo norte: Abel está allá, en los líquenes, siempre se retira a ese lugar para cantar, y tal vez me observa en este instante deambular por la parcela, con esa bolsa negra que ondula en el aire caliente, esa bolsa que lleno de vestigios, de relieves, de pequeñas cosas.

Ontario

Una noche de noviembre, en Toronto. Ceno sola en la trigésima octava planta de un hotel a orillas del lago Ontario –unos *linguine alle vongole* verde pálido, enrollados en forma de bola en la cavidad central de un plato de bordes desmesurados.

He llegado tarde, ya no queda casi nadie, y la sala está tranquila como si acabaran de parar la música. Me han colocado en una mesa un poco apartada, a lo largo de la cristalera, *a table with a nice view* ha declarado la recepcionista, moño color plátano y escarpines acharolados, antes de volver a su pupitre de ahí, junto a la puerta. Uno de los camareros se ha apresurado a quitar el otro cubierto de mi mesa, como si estuviese escrito en mi frente que yo no esperaba a nadie y ese plato, indecente, acusando mi soledad, menoscabara el ambiente: *how are you today?* Voz líquida, jovialidad prosaica, no tiene más de veinte años, acné en las sienes, y su pelo erizado con gomina en pequeñas puntas verticales brilla bajo la luz de los focos. He pedido vino, tenía ganas de pronunciar la palabra «chardonnay» en mi inglés nefasto, ganas de recalcar que era extranjera, ganas de ser una mujer en la noche, posada en el cielo de una megalópolis norteamericana, lejos de los suyos, lejos de su país.

Afuera la electricidad reescribe todo el espacio. La ciudad diurna, habitual, vertical, está transfigurada, miles de fulgores perforan los rascacielos, pero Ontario, tal como lo veo en este instante, podría situarse en otro lugar, a kilómetros de esta urbe cuyos flancos baña sin reflejar sus luces, nada, ni un destello, una vaga claridad al pie de las torres, a lo largo del Lake Shore Boulevard y por la zona de los embarcaderos.

El joven camarero ha depositado ante mí una copa tulipán que habría podido contener una botella entera, en la que mi vino formaba al fondo un delgado poso rojo y reluciente –un lago en pequeño–, y en este mismo instante dos hombres se han presentado en la entrada, al punto conducidos a una mesa cercana a la mía, *a table with a nice view* ha repetido la recepcionista en piloto automático, cansada al parecer, ansiosa de volver a casa, los pies magullados; luego se han sentado pesadamente aflojándose las corbatas. Son altos y robustos, los ternos fatigados bajo largos abrigos y bufandas, nucas recias, barrigas por encima de la cintura, la alianza en el dedo medio y la amapola en el ojal. Reconozco de inmediato al que tengo enfrente, vuelto en sus tres cuartos, su cara de caballo, los globos oculares prominentes y los dientes convexos, de un amarillo oscuro de marfil viejo; se inclina sobre la carta suspirando; luego se apoya en el respaldo de la silla, recorre la sala con la mirada y clava los ojos en los míos una fracción de segundo, intentando recordar dónde nos hemos cruzado.

Esta misma mañana había gente en el salón Saskatchewan del hotel Harbourfront donde se celebraba la apertura del festival, vaso en mano y pases alrededor del cuello etiquetando los cuerpos. Faye, una traductora de Winnipeg especialista en literaturas amerindias, me había citado por SMS y, agobiada en aquella reunión donde no conocía a nadie, me aferraba como una enferma a aquella cita que justificaba mi presencia. Las voces entremezcladas formaban un colchón flotante del tamaño de la estancia, una capa espesa, fibrosa, salpicada aquí y allá por exclamaciones típicas de los reencuentros, nombres de pila que pronunciamos, risas agudas como cabezas de alfiler, un rumor vagamente animal que recorrí, sumergida cuan larga era para reaparecer en el otro extremo de la estancia, detrás del bufet, pegarme a una pared, a cierta distancia, y espiar a Faye –me había tropezado con ella antes del verano en un taller de traducción y la había acompañado por las calles de Arlés en busca de un banjo para que pudiera interpretar «Over the Waterfall» en la fiesta de clausura.

Observé lo que sucedía al otro lado de los manteles blancos, las pisadas de los camareros, el tiovivo de las zapatillas deportivas, las cajas de botellas desgarradas unas tras otras, los paquetes de patatas fritas y de galletas reventadas y vertidas de continuo en recipientes metálicos, las grandes bolsas de basura donde se arrojaban las servilletas de papel y los cuencos traslúcidos, cuando una súbita modificación de la acústica me señaló que algo sucedía, al fondo de la sala, más allá de la barrera compacta que formaban los que permanecían clavados en el bufet, como si una onda sonora barriera el espacio, y al mismo tiempo vi que algunas cabezas se torcían hacia atrás, como bajo el efecto de un estímulo eléctrico, unos ceños se fruncían, unas narices se erguían por encima de las cabezas, y pensé que detrás se había producido un desmayo, una caída, o tal vez un enfrentamiento entre dos personas, un insulto, una agarrada fruto del alcohol, pero era otra cosa, era el silencio que abría su oquedad en la multitud, desfondaba el rumor, repelía lentamente los cuerpos hacia las paredes del salón, ensanchaba progresivamente un círculo lo bastante amplio para que se irguiese en él una voz aguda, una voz de timbre tan duro y tan sensible que pensé en un diamante Shibata oscilando en el fondo de un microsurco de vinilo, la aguja mineral siempre más fina, más resistente, yendo a buscar el puro contacto en el interior del pliegue oscuro, el contacto absoluto.

We are the Dead. Short days ago we lived, felt dawn, saw sunset glow, loved and were loved, and now we lie, in Flanders fields. Durante unos instantes la voz puntiaguda ha grabado el silencio, ondulatoria y solitaria, reactivando uno por uno los anillos de la memoria, hasta que algunas bocas han comenzado a moverse, unos abdómenes se han hinchado bajo las camisas, unos collares se han deslizado en las gargantas, unos cubitos de hielo han entrechocado, y enseguida otras voces se han unido a ella, han venido a enroscarse en ella como atrapadas en su fuerza centrífuga, y, juntas, han recitado al unísono el final del poema –que es lo que era–. Desde mi asiento, he visto como los rostros mudaban de expresión, atravesados por algo que volvía de lejos y se imponía, pero no he captado nada de esa declamación colectiva sobrevenida en el corazón de un salón donde, minutos atrás, en una ondulante efervescencia, cada cual parecía dedicado a hacer planes para la semana, inclinado sobre agendas electrónicas –BlackBerry, iPhone–, unas pantallas donde se apuntaban no *pannel* o *event* literarios, sino *lunch* y *drink*, citas que tendrían lugar en los intersticios del festival, en sus márgenes discretos, con el fin de conseguir negociar una oferta sobre un libro que traducir, una cesión de derechos para el cine, incluso traspasos de autores, editores y agentes. Cuando la voz enmudeció, se produjo una suerte de apnea colectiva, de silencio total; luego la multitud se disgregó con los aplausos, y entreví a la mujer que se erguía ahí, en el centro de la oquedad, una silueta alta y esbelta con un vestido de lana y botines de cuero, la cabeza metida en los hombros, palpitante, jadeante, apretando con las dos manos una copa de whisky mientras la multitud se cerraba ahora sobre ella, hasta hacerla desaparecer –no había reconocido la voz de Faye.

Más adelante, me decidí a acercarme al bufet para intentar atrapar un canapé, un volován, un pastelillo, algo que pudiera tenerme ocupadas las manos y la boca, a la espera de que apareciese Faye. ¡Si estás aquí! Di media vuelta, me sonreía, grácil, alzando la copa a la altura de los ojos, con ánimo de hacer un brindis que yo acompañé: solo te ha faltado un banjo para recitar ese poema, ¿qué era, por cierto? Hizo una mueca redondeando los ojos como una chiquilla que acaba de cometer una gilipollez, y me tradujo directamente las primeras líneas, el brazo alargado por encima del bufet para coger otro Ginger Ale. Era un poema popular, un poema que todo el mundo conocía allí, compuesto por un médico militar canadiense para los funerales de su amigo caído durante la segunda batalla de Ypres, en mayo de 1915: Campos de Flandes, campos de honor, campos devastados por los obuses, campos donde se pudrían cadáveres de hombres y de animales, campos de sangre, campos de amapolas. Faye bebía y hablaba deprisa, pero yo recordaba ese fraseo que la caracterizaba, esa manera única de acelerar el final de la frase, de comprimir las sílabas y de despacharlas con ardor, como quien arroja paladas de tierra por encima del hombro.

El salón Saskatchewan comenzaba a iluminarse, la gente consultaba el reloj, se anudaba la bufanda, señalando así una marcha inminente mientras los camareros despejaban el bufet, estrujaban las servilletas sucias. Pero Faye se demoraba. Había vuelto a servirse empuñando la botella por el cuello y, barriendo la sala con la mirada en busca de alguien que no se dejaba ver, me habló de las amapolas, que no crecen más que en tierras calcáreas, en tierras removidas, revueltas, livianas, de manera que aparecen con frecuencia en los campos de batalla arrasados por los combates, prosperan en las fosas comunes, alrededor de las tumbas, ¿lo sabías? No acababa de gustarle ese poema de guerra, el recuerdo de los muertos vinculado habitualmente a la revancha, a la exhortación a proseguir el combate –*¡propaganda!*, sonrió, rascando la «r», manoseando un paquete de Chesterfield que acabó abriendo con los dientes–, pero me señaló la amapola de papel en la solapa de su vestido, mira, hoy todo el mundo lleva la suya, es el Día del Recuerdo. De repente se quedó paralizada: el hombre de cara de caballo estaba ahí, a unos metros, y no despegaba los ojos de ella, inmóvil en su gran abrigo negro. Se miraron, como para quedar más adelante, luego él dio media vuelta y Faye lo siguió con la mirada murmurando, la nariz al ras de la copa, claro, hoy es el Día de los Muertos aquí, el Día de la Amapola.

La luminosidad de la sala del restaurante baja y mi sitio queda sumergido en la oscuridad, como si los focos del techo se hubieran roto. Los *linguine* de mi plato, por un juego de contrastes cerrado, se han trocado en algas verdes, casi fosforescentes, hechas un revoltijo. Una bola de hierbas con conchas lacustres que me evoca también, ahora que lo pienso, los lineamentos del cerebro tal como aparecen dibujados en los cortes sagitales de los antiguos manuales de ciencias naturales, aquellos circuitos mnemónicos sinuosos como cables eléctricos, esos otros anillos. Lentamente, los desenredo, rastreo su trayectoria, los trabajo con mi tenedor.

A unos metros de mí, el hombre de cara de caballo comparte con su compañero un salmón chinook. El joven camarero hace un gesto con la cabeza hacia el ventanal y les precisa: lo han pescado allí, justo enfrente. Luego, súbitamente excitado, locuaz, se lanza a una exposición sobre la siembra anual del Ontario, la piscicultura y la emigración de los salmones, un pez extraordinario, absolutamente, un pez capaz de recorrer más de tres mil kilómetros hasta el lugar donde desovan, desde el estuario del Yukón, por ejemplo, hasta más arriba de Whitehorse –mi padre, a quien gustaba la pesca y que conocía bien la maravillosa complejidad de la red hidrográfica de la región de los Grandes Lagos, habría invitado seguramente a sentarse a aquel joven para obtener más información, comparar sus aparejos y contar sus capturas, y en un arrebato de pánico, traje a mi oído su voz, aquella voz aguda y mineral, tan precaria al final, bregué para que retornase, pues extrañamente, bastante más que una foto o un objeto cualquiera que me haga ver su rostro querido, es recordando la voz de los muertos queridos como los mantengo presentes en mí–; el joven camarero multiplica los grandes gestos, olvida largarse, hasta que el hombre con cara de caballo le interrumpe con voz apagada: *amazing*.

Al salir del hotel después del cóctel de apertura, Faye insistió en que fuéramos a dar una vuelta por el lago –es genial, ya verás–. Yo rezongué, aún no me había repuesto del desfase horario, me daba miedo enfriarme, pero ella me agarró por la muñeca al tiempo que mascullaba que no podía irme de Toronto sin haber ido al lago deslumbrante –en wendat, una de las lenguas iroquesas que Faye traducía, *ontario* significa «lago de aguas deslumbrantes». Me arrastró hacia Bathurst Quay, hasta el puerto de recreo, bajo el Yacht Club, donde su primo, que acababa de abrir una pequeña agencia de pesca deportiva, nos esperaba a bordo de un Chris-Craft

Commander. Una vez embarcados, Julius –un gigante plácido con barba estilo ZZ Top y una sudadera con capucha decorada con una hoja de cannabis en el torso– nos lanzó a cada una una chaqueta marinera apestosa y helada, nos hicimos a la mar para el paseo y Toronto se irguió en la orilla, la torre CN, la cúpula del Rogers Centre, el rascacielos del Harbourfront. Faye me dirigió una mirada radiante: ¿a que no está mal?

El lago no estaba muy deslumbrante, el agua más bien turbia, y la ciudad, envuelta en la grisura, nos miraba desde arriba, cual un decorado futurista, hostil y poderoso. De repente Faye señaló la proa del barco clamando: ¡aquello son las cataratas del Niágara! Se me apareció de inmediato la centrifugadora de cine que me aterrorizaba de niña, aquel wéstern en que meten a un muchacho en un tonel y lo arrojan a los rápidos, pensé en la fuerza hipnótica de las cataratas, en la funesta atracción que ejercen sobre algunos seres que acaban precipitándose en ellas, y en todo lo que desaparece, pulverizado en el gran burbujeo del final. Grité a Faye que era el momento de entonar «Over the Waterfall», pero el volumen del motor y el estrépito de la roda en el lago eran tan fuertes que resultaba imposible oírse, entonces imité a la tocadora de banjo, los dedos corriendo sobre el instrumento invisible y la voz nasal rápida rebotando sin cesar, como una pelota mágica sobre un tatami de metal, y ella se carcajeó frunciendo sus ojillos de nutria.

Encontré un rincón donde resguardarme en la popa, pero Faye, curiosamente, fue a ponerse de cara al viento, la cara expuesta al rocío, párpados cerrados, absorta por completo en los elementos; luego la superficie de las aguas se cubrió de puntos espumeantes, el cielo se oscureció y las costas se eclipsaron en la llovizna. El barco daba bandazos y, sacudida, agobiada, acabé dormitando y dando cabezadas contra la pared del camarote.

Cuando reabrí los ojos, Faye asomaba medio busto por la borda y parecía buscar algo en el fondo del lago: me pregunté qué demonios hacía, eché una mirada a Julius a través del vidrio del puente de mando, pero no expresaba nada en particular, estaba de pie, auriculares en los oídos, una mano en el timón, el gollete de una Coors en la boca, muy tranquilo. Me reuní con él en el camarote, donde los olores a cerveza y pescado se mezclaban con el del fuel, comprobó su posición en el GPS y murmuró, ya está, estamos en la zona, acto seguido redujo la velocidad hasta apagar el motor; entonces vi a Faye desprenderse de la chaqueta su amapola de papel rojo y arrojarla al lago, donde flotó algún rato antes de desaparecer, absorbida por el agua negra. Contuve el aliento, estupefacta, y pese a los ecos del exterior que resonaban en el camarote oí a Julius murmurar algo así como «pobre Faye», a lo que añadió «mi niña, es tremendo», torció el gesto tristemente y pensé que iba a echarse a llorar. Un cabeceo un poco más fuerte que los otros nos sorprendió y me sobresalté. ¡Vuelve ya!, gritó Julius, y como Faye no reaccionó, pegó un bocinazo y la vi volver de inmediato, sonriente, los ojos enrojecidos y mechones de cabellos pegados a las sienes. Gracias, Julius. Una llovizna dura repiqueteaba en la superficie del lago, rayada como una vieja placa de zinc. Estábamos apretados los tres en el camarote, Julius no estaba seguro de contar con suficiente gasolina para llegar hasta Niagara-on-the-Lake, por lo que dimos media vuelta, se acabó el paseo. En la sala me encontré los botellines de cerveza y las patatas fritas sabor vinagre, el paquete de Chesterfield abierto, el cordel de cocina, las cajas de anzuelos y los impermeables hechos un bulto, luego me acerqué a unos recortes de prensa pegados en la pared: Julius posaba al volver de pescar, sosteniendo en los brazos unos salmones grandes como Cadillacs.

La costa reapareció al caer el día, una selva oscura cuyo aspecto recordaba la rugosidad del papel de lija, y que descendía en suave pendiente hacia las aguas del lago. De cuando en cuando, embarcaciones inmóviles pegadas a pontones de madera señalaban casas aisladas, apagadas. Salí del camarote, donde Faye telefoneaba a su madre –era la hora– mientras Julius se fumaba su porro nocturno. Yo necesitaba aire. Había amainado el viento y nos movíamos lentamente, el agua estaba tan lisa que nuestra trayectoria formaba un surco regular, cual tela adherida a un cuerpo. A lo lejos, se divisaba *Toronto by night*, la noche iluminada, pero a mi alrededor el mundo permanecía opaco, enigmático, atravesado por presencias invisibles. De súbito, el grito de un coyote taladró el silencio desde el fondo del bosque. Pensé en una llamada de contacto, la llamada de un individuo aislado, separado de los suyos, esperando una respuesta. Más adelante, cuando volvimos al muelle, Faye posó las manos en mis hombros y declaró, la voz de nuevo alta y firme –esa voz que tenía por la mañana en los salones del hotel, en el momento del poema–: te acordarás del Ontario, ¿no?

No pensaba volver a verla antes de marcharme. Sin embargo, antes de subir a cenar a la planta treinta y ocho, volví a pasar por el bar del embarcadero para recuperar un adaptador que había olvidado, y ella estaba allí. El local estaba repleto, y las mesas de caoba encerada y gruesas anillas color oro reproducían el ambiente cálido de la ensenada del puerto. Me acerqué a la barra, y delante de la chimenea, los perfiles anaranjados por las llamas, la vi con el hombre de cara de caballo, frente a unos whiskies dorados que me parecieron enormes. Las piernas de ambos estaban enlazadas bajo la mesa, pero sus torsos y sus ojos se mantenían a distancia. Sobre aquella mesa, como sobre las demás, había una cesta llena de amapolas de papel que Faye cogía una tras otra para deslizarlas ante ella a papirotazos, maquinalmente, cuando de pronto el hombre de cara de caballo se levantó y las arrojó todas al fuego. A continuación, todos bajaron la cabeza, abrumados.

Aquí solo quedo yo, la sala está vacía, las luces apagadas. Oigo voces en las cocinas. El hombre de cara de caballo se ha marchado con su amigo, no se han tomado sus copas y sus servilletas se han caído en la moqueta. No he acabado todavía, me demoro, segura ahora de que esa pasarela de vidrio en lo alto de un rascacielos de Toronto es el escenario de una cita secreta.

No me gustan los lagos. Sin duda es esa idea de agua estancada, corrompida. De fosa sumergida, de puerta de los infiernos confinada en los abismos, de monstruo del lago Ness –la criatura olvidada en el fondo de un agua prehistórica, que despierta y está hambrienta–. El verano de mis siete años, una tía mía gritó durante la comida que la polio estaba en el lago vecino, uno de los críos de la aldea la había tenido, y las noches siguientes, encerrada a cal y canto en un cuarto de baño espartano, escruté mi piel y rastreé la aparición de un mal desconocido en mi cuerpo, y tiempo después, durante un test de personalidad para un puesto de vendedora en unos grandes almacenes, asocié tranquilamente la palabra «lago» con la palabra «muerte», pero la respuesta no resultó convincente, y mi interlocutora sufrió un ligero sobresalto, ¡tiene usted ideas negras! De haber dicho «transparencia», habría tenido posibilidades, de haber dicho «canoa» también.

Cuando me paro a pensar, se me hace raro no haber relacionado «lago» con «canoa»: en casa, hay una canoa colgada en el pasillo de entrada, es lo primero que se ve al entrar. Es de fabricación tradicional, rápida, ligera, casco de corteza de abedul, interior y borda de cedro, calafateada con goma de resina de pino y con grasa, y construida, precisamente, en las orillas del Ontario –como atesta un certificado de autenticidad prendido en el interior–. El día que la entregó el camión de UPS, hace diez años, todos los del piso se acercaron al bulto, alarmados ante lo que anunciaba ser un cacharro molesto, un objeto cuya llegada por avión había costado una fortuna y que, desembalado acto seguido en medio de la sala, tenía toda la pinta de ser un capricho, mío en este caso. Luego le encontraron ese sitio en el cruce de los pasillos, donde sigue en lo alto, sin clavos ni cuerdas, pues su material flexible le permite apoyarse entre las paredes a fin de sostenerlas y resistirlas –sostenerlas y resistirlas, exactamente lo que yo me dije–. ¿Es nuestro tótem?, dijo el niño de ojos chocolate negro que presenciaba la escena, asombrado de ver que instalaban una canoa en el techo.

Recogí mi bolso, mi teléfono y mi echarpe, luego fui a pegar la frente a la cristalera. El lago no es más que una superficie lisa y gris, una suerte de pantalla donde vislumbro ahora la cabaña de pesca de mi padre, sus cañas de bambú, sus carretes, sus sedales y sus anzuelos de plata, y, prendida en la pared, esa imagen que he conocido siempre: el indio está solo en el agua tranquila, pesca, erguido, y la estela de la canoa traza su microsurco en el agua deslumbrante; una fotografía sepia que mi padre había subtitulado con un boli Bic azul: *indio iroqués en el lago Ontario.*

Ariane espacio

Es la última de la aldea, *the last one*. Al parecer ha enterrado a todo el mundo y hecho huir a los demás, eso dicen de ella por esos pagos, donde basta su nombre de pila para designarla: Ariane. Según el atestado de la gendarmería, tiene noventa y dos años, y lo que espero, mientras aparco mi coche al borde del camino, es que mantenga despiertas la memoria y las ganas de contar –aunque los que hablan demasiado fácilmente, y te salen con relatos que caen por su propio peso, no son los testigos más fiables, lo sabemos todos por experiencia.

Me gusta llegar andando a casa de la gente, como una vecina, o alguien lo bastante familiar como para dejarse caer de improviso al pasar. Antes, doy unas vueltas, calibro el lugar, reconozco las perspectivas, los puntos ciegos y las líneas de fuga, sitúo puntos de referencia. El único camino de la aldea, con su cresta central herbosa entre dos surcos de lodo negro, ascendía en una pendiente suave a través de edificios abandonados, caos de tejados y de paredes desmoronadas, obstruido a trechos por pesados cascotes y piedras solitarias. Mientras caminaba intenté balizar aquí y allá una puerta, una ventana, un lienzo de fachada intacto a fin de reconstruir su plano, su volumen, imaginármelos más o menos. Aquellas ruinas, que habían sido en otro tiempo viviendas humanas, estaban ahora revestidas de liquen y de musgo, invadidas por las enredaderas y las ortigas, emitían una vibración baja y continua que confundí con el silencio. Turbada, imaginé los ratones y las culebras que se escabullían a mi paso, mientras las hormigas y los gusanos retornaban para trajinar en el fondo de las galerías subterráneas. El aire era punzante, el tiempo pesado, el cielo blanco; algo polvoriento flotaba en la atmósfera. La casa de Ariane, que tenía señalada en un mapa de satélite, dominaba aquellos escombros.

Al sonido de la campanilla, entré en un patinillo de cemento donde se alineaban semilleros en maceta, un sillón de plástico blanco, una escoba. Aguardé, flexionando las rodillas para ver a través del cristal de la puerta. Ariane llegó detrás de mí, un barreño rosa fluorescente en los brazos, voz baja y límpida: ¿me buscas a mí? Solté un gritito y di media vuelta como una cría pillada en falta. Con una mano desmesurada salpicada de manchas negras, rechazó mi tarjeta de investigadora del Geipan (Grupo de Estudios e Informaciones sobre los Fenómenos Aeroespaciales No Identificados), la seguí a la cocina –pandemónium codificado, vestigios de vida humana–, y un instante después estábamos sentadas ante un café con leche, servido en grandes tazones acanalados. Saqué un cuaderno, el formulario, un bolígrafo, tras lo cual, una vez establecido el estado civil de Ariane, le pedí que me contara qué había visto la noche del 21 al 22 de junio. Me sorprendió verla levantarse para coger un paquete de pitillos y convertirse en otra persona una vez con el cigarrillo en la boca.

Me la había imaginado baja y canija, con la piel arrugada de higo viejo, el cuerpo frágil y lento, el cabello escaso, un delantal anudado en la cintura y medias negras de campesina, pero nada que ver; siux alta vestida con vaqueros y una camiseta roja, calzada con botas, y flaca, trenza de cabello gris sobre el hombro, pómulos todavía altos y, bajo los párpados mustios, unos ojos negrísimos –ese negro que absorbe casi por entero la luz visible y que aparece en las plumas del ave del paraíso o en el vientre de la araña pavo real–, todo ello desconchado, apergaminado, seco, pero produciendo una gran impresión de fuerza física y brutalidad.

Le pedí que describiera sus observaciones, simplemente, ¿era algo parecido a qué? Acabó de fumarse el cigarrillo en silencio. No conseguía despegar los ojos de sus venas tensas como cables eléctricos insertados bajo la piel. Pensé que estaba tratando de empezar y, para ayudarla, me descolgué con los criterios Fomec del buen camuflaje que había aprendido en el ejército: forma, sombra, movimiento, brillo, colores. Su mirada se clavó en la mía y parpadeé para esquivarla. Expulsó el humo de su cigarrillo hacia el techo: sé lo que vi.

Aquella noche, noche del solsticio de verano, cuando ella abrió la ventana de su habitación para cerrar los postigos, una forma luminosa flameaba lentamente sobre los tejados abandonados, roja por abajo –como la placa de la cocina de gas, dijo señalándome el aparato con la barbilla– y sembrada de puntos verdes por encima. Volaba bajo, sin ruido. Las estrellas todavía no habían asomado y su forma se recortaba con nitidez, una forma de cono aplanado, o de tortuga, una forma de platillo volante. Me precedió hasta una estancia sencilla, suelo de madera y paredes encaladas, y observé por encima de su cama estrecha una maqueta del transatlántico *France* posada sobre un estante junto a un transistor Grundig. Vista desde arriba, la aldea parecía cubierta de zarzas, replegada bajo el tiempo, y la vista ofrecía efectivamente una gran superficie de cielo. Ariane añadió, serena, eran muy hermosas, sabe usted, esas luces rojas y verdes, pensé en las luces de Nueva York. Por lo que sabía de ella, Ariane había pasado la vida en un radio de treinta kilómetros alrededor de aquel lugar.

La complejidad del testimonio humano me impresiona ahora más que los hechos observados en sí mismos. Hoy en día, mi inclinación por el absoluto lejano se ha disipado en pro de una disposición a lo cercano, y para mí esos relatos de observación, esas pequeñas narraciones prosaicas y frágiles recogidas desde hace más de veinte años en todo el territorio, son los innegables portadores de lo maravilloso cósmico. Las emociones que entran en juego –de la avalancha de excitación o de pánico a la megalomanía desatada–, la amalgama de sueños y recuerdos vividos, la mezcla de las temporalidades, las claves de interpretación someras, las deducciones apresuradas, las ilusiones ópticas y autocinéticas, los casos de persistencia retiniana, los errores de estimación de las distancias, la elección de vocabulario, las creencias, la fibra metafísica del testigo, todo eso me cautiva en la misma medida que los propios ovnis. No obstante, entré en el Geipan por mi pasión por la ufología –UFO por *unidentified flying object*– y quizá también un poco porque me perdí el paso del cometa Halley en marzo de 1986: tengo quince años, lo rastreo toda la noche en la ventana de mi habitación, ignorando que se pavonea en el hemisferio sur, entra en mi vida a la velocidad de la luz, su carrera arrastra todo el cosmos a su paso, los agujeros negros, las galaxias, los planetas y las vidas potenciales, me integro en el movimiento mismo del universo, me incorporo a él, y al día siguiente me late el corazón a todo trapo mientras descubro las fotos del cometa tomadas por la sonda Giotto, su núcleo deslumbrante en forma de cacahuete, su aureola de espuma, su estela de canoa.

Ven, que voy a enseñarte una cosa. Seguí a Ariane por detrás de la casa, y reanudamos el camino que ascendía por la colina –ella caminaba deprisa, los vaqueros flotaban sobre sus piernas huesudas, y respiraba fuerte, como si estuviera vacía–. Una vez en la cima, entramos en un prado, y al cabo de uno o dos minutos se separó para permitirme descubrir una huella circular de unos siete metros de diámetro y taladrada por seis agujeros –los pies del aparato, se limitó a decir–. La hierba estaba quemada por encima pero no había ardido, era distinto. Emanaba de ella un olor indefinible, similar al del azufre y la pólvora de metal. El círculo era tan perfecto que podría haberse trazado con compás en la tierra. Nunca había visto nada parecido, un trazo tan perfilado. Han aterrizado aquí. Ariane alzó hacia mí sus ojos sin brillo, pero esta vez no los esquivé. Prosiguió con suma claridad: han contactado conmigo.

Pensé que en el Geipan solo tenían en cuenta un testimonio si juzgaban que su consistencia era mayor que su rareza, dos nociones fundamentales, de modo que tomé decenas de fotos, arrodillada en la hierba, y recogí toda suerte de muestras. Tras ello, guardando mi material, pregunté a Ariane si era la única en haber visto lo que había visto. Fumaba de nuevo, los ojos perdidos; se encogió de hombros. Volverán esta noche, ¿quieres esperarlos conmigo? Mis ojos iban y venían entre su extraordinario rostro y la marca en el suelo. Lo consistente y lo raro. Asentí.

*En marzo de 2020, cuando comenzaba a escribir sobre la voz humana, las bocas desaparecieron bruscamente tras las máscaras, y las voces quedaron filtradas, parasitadas, veladas: sus vibraciones se modificaron y un conjunto de relatos cobró forma. Tres de ellos aparecieron, en una versión diferente, durante su escritura: «Ariane espacio» (Gallimard, coll. Le Chemin, abril de 2020), «Arroyo y limalla de hierro» (*Le Monde*, 2 de agosto de 2020) y «Un ave ligera» (*Sensibilités*, núm. 8, Anamosa, noviembre de 2020).*

ÍNDICE

Impreso en
Romanyà Valls, S. A.,
Sant Joan Baptista, 35
08789 La Torre de Claramunt